Auf der Suche nach Asyl in Deutschland

Meine Widmung geht an alle, die sich in dieser Situation befinden, die Ähnliches erlebt haben oder irgendwie betroffen sind. Die Gründe wissen wir doch: die erstaunliche Verantwortungslosigkeit und Gedankenlosigkeit von vielen unserer afrikanischen Präsidenten, die ihre Aufgaben meist vergessen zu erledigen …

Mouchi Blaise Ahua

Auf der Suche nach Asyl in Deutschland

Roman

Aus dem Französischen von
Benjamin Weber

Die Originalausgabe
Je suis demandeur d'asile
erschien 2006 bei Éditions Publibook, France

Bibliografische Information der Deutschen Nationalbibliothek
Die Deutsche Nationalbibliothek verzeichnet diese
Publikation in der Deutschen Nationalbibliografie;
detaillierte bibliografische Daten sind im Internet über
http://dnb.d-nb.de abrufbar.

© 2008 Mouchi Blaise Ahua
2. Auflage Juli 2014
Herstellung und Verlag: Books on Demand GmbH,
Norderstedt
ISBN 9783837068795

Vorwort

Schon lange interessiere ich mich für die Situation der Asylbewerber in Deutschland. Ich habe vielen von diesen Menschen sehr aufmerksam zugehört und ihre Geschichten in diesem Buch aufgeschrieben. Sie stammen aus afrikanischen Ländern, insbesondere aus meinem Heimatland. Es handelt von der Welt der Bewerber um Asyl: Die meist als heimatlose Menschen betrachtet werden, die kein Recht haben, sich in einem Land aufzuhalten.

Es sind anrührende Geschichten, die uns über die Zwischenfälle ihres Abenteuers informieren: Ein täglich von Ausweisung bedrohtes Leben, voller Sorgen, aber auch mit Hoffnung.

Um die Lebenswirklichkeit der Asylbewerber besser verstehen zu können, habe ich versucht einige Dialoge in ihrem Slang *Nouchi* wieder zu geben. Dabei hat mir das Wörterbuch „*Hä?? Jugendsprache unplugged 2009*" von Langenscheidt sehr geholfen. Das könnte für manche etwas schwer zu verstehen, oder verwirrend sein. Aber der Leser soll sich keine Sorgen machen, da die Dialoge von der Hauptfigur Freddy weiter erklärt werden.

Ich bedanke mich ganz herzlich bei allen, mit denen ich mich unterhalten habe und deren Abenteuer mich inspiriert haben, diesen Roman zu schreiben.

Mein Dank gilt auch allen, die an dieser deutschen Version beteiligt waren.

I

In einem Asylbewerberheim in Deutschland

Wenn ich durch die Straßen gehe, wenn ich irgendwo bequem im Zug oder in der Straßenbahn sitze, dann habe ich den Eindruck, dass man mich als primitiven Menschen betrachtet, ein zivilisierter primitiver Mensch in ihrem Land, dank ihnen! Das fühle ich. Ich fühle das, weil ich es in ihren Blicken, ihren Gesten, ihrer Mimik sehe; wenn ich darauf achte und ihr Flüstern höre. Ich weiß nicht, woran das liegt. Ich verstehe diese Furcht nicht, die in mir lodert. Vielleicht ist das der Preis, der zu zahlen ist! Das hat mir Grando zumindest gesagt.

Ich bin Asylbewerber. Ja, das bin ich. Ich habe mein Land, meine Heimat, mein Afrika verlassen und bin nach Europa gekommen, in der Hoffnung, hier Geld zu verdienen. Ich habe meinen Vater, einen alten Mann, meine Mutter, eine schon fast ausgemergelte fünfzigjährige

Frau, meine zahlreichen Brüder und Schwestern verlassen. Soll ich es noch genauer ausführen? Und ich habe es geschafft, europäischen Boden zu betreten, hier im Heim für Asylbewerber, zwischen anderen Menschen, Afrikanern wie ich, Arabern und Osteuropäern. Ich bin ein Asylbewerber mit Duldung. Das heißt, ich befinde mich in einer äußerst unsicheren Lage: Das Ausweisungsverfahren stoppt für eine kurze Zeit. Auf Französisch bedeutet „Duldung" Toleranz.

Wahrscheinlich habe ich es meinem Abenteurerinstinkt zu verdanken, dem Glück, vielleicht auch dem Zufall, dass ich im Sommer angekommen bin. Ich glaubte mich im Paradies. Überall Feiern, Musik und Bier. Es gab sogar Barbecues und Picknicks in öffentlichen Parks; auf den Wiesen saßen junge Mädchen in Bikinis, die sich in der Sonne aalten. Die Tage waren lang, bis 22 Uhr, manchmal noch länger.

Grando war mein „geistiger Führer", mein Vorbild, mein Ratgeber. Ihn fand ich schon interessant, als ich ihn das erste Mal auf einem afrikanischen Tanzabend traf. Ich glaubte, er wäre in derselben Situation wie ich. Aber nein! Er kam nach Deutschland, um zu studieren. Er hat sein Studium schon beendet, aber er ist noch nicht in unser geliebtes Afrika zurückgekehrt. Das ist genau die Frage, die ich mir in den ersten Monaten in Europa gestellt habe, als ich nach dem Sommer zum ersten Mal einen alten, schwarzen Mann mit weißem Haar gesehen hatte. Ich habe mich in meinem Innern gefragt: „Warum muss ich hier bleiben, in diesem fremden Land, bis ich weiße Haare habe". Ich hatte noch gar nichts verstanden; ich wusste nicht, was mich erwartet …

Ich muss wohl noch erzählen, warum ich Deutschland ausgesucht habe. Tja! Vor allem wollte ich nicht nach Frankreich oder Italien, wie es bei meinen abenteuerlustigen Kameraden der Fall war. Ich glaube, es ist die Deutsche Mark (DM), die alte Währung dieses Landes, die mich hierher geführt hat. Genau, das ist es! Eine Einzige davon zählte viel in Afrika. Aber wie bin ich nach Deutschland gekommen? Diese Frage wurde mir mehrmals gestellt, hier im Asylbewerberheim. Ja, die Deutschen! Sie glauben mir nicht, warum ich zu ihnen gekommen bin. Aber das macht nichts! Was ich weiß, ist, dass ich hier bin, mit Haut und Knochen, hier in diesem Asylbewerberheim. Und als Abenteurer liegt es an mir, die Gründe nicht zu vergessen, warum ich mein Land verlassen habe, um hierherzukommen. Dazu hat mich Grando eines Tages ermahnt.

Sie wollen wissen, wie es mir gelang, hierherzukommen; als ob ich von Afrika nach Europa laufen könnte. Ah, sie wollen wissen, wie ich es geschafft habe, ein Flugzeug zu besteigen, die Grenzen zu passieren, die Städte zu durchqueren und in dieses Land zu kommen? Ich kenne keinen Abenteurer, der das verraten würde. Ein Abenteuer bedeutet im Prinzip etwas zu suchen, Geld zu verdienen und in die Heimat zurückzukehren. Ja, im Prinzip! Das erzählten wir zumindest, als wir hierherkamen. Das Wichtigste ist, dass ich auf deutschem Boden gelandet bin, und dass es jetzt an mir liegt, auf legale Art und Weise, meine Ziele zu erreichen. Ich sage gerne „auf legale Art und Weise". Das haben mir die anderen, die ich im Asylbewerberheim kennenlernte, geraten. Welch schöner Satz! Aber warum haben sie ihre Ziele noch nicht erreicht? Haben sie sich im Land getäuscht? Manche sind schon seit fünf Jahren hier, andere noch länger, ohne dass sich für sie am Horizont eine Perspektive eröffnet hätte. Liegt es an der deutschen Sprache? „Dann lernt sie doch!", habe ich ihnen gesagt. Und die Antwort lautete: „Mann, das ist eine komplizierte Sprache! Die Verben sind oft am Ende des Satzes. Manchmal muss man mit dem Objekt beginnen", das heißt mit dem Akkusativ- oder Dativobjekt. Aber das ist nicht alles. Mein Zimmernachbar, Abelo, auch ein Afrikaner, erklärte mir, dass es oft Präpositionen gibt, die am Ende des Satzes stehen und an das Verb anschließen. Das ängstigte mich ein bisschen, obwohl es mir nicht unbekannt war. Er hatte es bemerkt und fragte mich: Verstehst du Englisch? „Ja", habe ich gesagt, obwohl ich nicht wusste, ob ich mich mit jemandem in dieser internationalen Sprache unterhalten konnte.

Ich heiße Freddy. Es ist natürlich der Spitzname meines französischen Vornamens Alfred. Ihr wisst, dass wir Afrikaner immer französische, englische und manchmal sogar portugiesische Namen tragen; da wir so sehr kolonialisiert wurden, weil es uns so sehr gefällt. So ist es auch in unserem Heim. Wir brauchen einen amerikanisch klingenden Namen, einen *Yankee-Namen*. Wir brauchen das für unsere Kontakte, um die jungen Mädchen zu verführen, um cool auszusehen!

Abelo und ich gaben uns immer als Brüder aus. Wir sehen uns gar nicht mal so ähnlich, was aber niemand so genau nahm. Und überhaupt: Müssen sich Brüder wirklich ähnlich sehen? Als Brüder versprachen wir uns, nicht zu streiten, vor allem nicht im Freien, da man uns vielleicht als primitive Menschen betrachtet. Ich glaube, auch das ist ein Ratschlag von Grando.

Später verstand ich, warum die anderen *Goundamen* – so nennen wir uns selbst – die deutsche Sprache nicht ernst genommen haben. *Gounda* bedeutet Asyl. Der Begriff Asylbewerber scheint uns zu lang und akademisch, zu kleinlich. Das sind wir nicht. Warum soll sich auch ein Akademiker in so einem Heim befinden? Ein Akademiker ist doch kein primitiver

Mensch; das ist keiner, der sich als Primitiver betrachtet. Das ist einer, der etwas im Kopf hat. So wird er angesehen.

Das Problem für uns, die *Goundamen*, liegt darin, dass wir offensichtlich stören und daher häufig außerhalb der Städte einquartiert werden, irgendwo in einer Ecke, da wir stören; da man sich jeden Tag über uns informiert, um uns auszuweisen. Abelo sagte mir, dass ich den Sommer genießen soll, da man uns in dieser Zeit etwas in Ruhe lässt. Ansonsten sind die Polizisten ja immer auf der Suche nach unseren Reisepässen, damit man uns ausweisen kann, aus ihrem Land, damit man uns zurückschickt, nach Afrika.

Das ist eigenartig! Die Leute bemerken nicht, wenn ihre Worte uns verletzen. Ich weiß nicht, ob sie das mit Absicht machen. Grando sagte mir, dass das eine Frage der Kultur sei. Hm, das glaube ich auch. Abelo antwortete mir etwas wütend: „Das ist Quatsch, die scheißen auf uns!" Wer hat recht? Grando ist gebildet und geschieden, er hat sein Studium hier beendet und eine deutsche Frau geheiratet. Wenn ich daran denke, würde ich sagen, er hat recht. Es ist tatsächlich eine Frage der Kultur. Aber wie kann man das überhaupt wissen? Vielleicht beklage ich mich nur ein bisschen zu viel.

Als ich angekommen bin, hatte man mir einen grünen Ausweis ausgestellt, und ich bekam ein Bleiberecht für sechs Monate. Dafür musste ich Befragungen über mich ergehen lassen. Sie wollten herausfinden, warum ich Asyl beantragte. Außerdem gab man mir die Erlaubnis zu arbeiten: einen kleinen Job zu machen. Ich habe gearbeitet und war glücklich. Ich habe ein wenig Geld verdient.

Ich nahm diesen Satz, den Grando, mein großes Vorbild, eines Tages jemandem sagte, sicherlich nicht ernst. „Wenn man nicht zu Hause ist, muss man ruhig bleiben". Ich fragte mich immer wieder, warum er solch harsche Worte gegen seine Landsleute, gegen die Afrikaner spricht. Liegt es daran, dass er die Realität der Goundas nicht kennt? Oder muss ich seinen Standpunkt als den eines Weisen, eines Erfahrenen betrachten? Grando hat einen starken Charakter, ein bisschen intellektuell. Die Härte der Deutschen, ich glaube, dass er davon viel übernahm. Aber ich mag ihn trotzdem. Ich mag ihn, weil er geradlinig, realistisch und sympathisch ist. Er kann sprechen wie ein Orakel, er weiß zu überzeugen, zu verführen. Und ich verstehe, warum er keine Probleme hatte, eine deutsche Frau zu finden, sich mit ihr zu verheiraten und eine andere zu finden. Eine Begabung? Dieses Wort mag er nicht so sehr. Er sagte mir, es gibt Dinge, mit denen man zur Welt kommt und andere, die man sich aneignet. Und er fügte hinzu, dass „man sich viel aneignen muss, um nur ein bisschen zu erreichen".

Zu diesem Thema, das mich sehr fasziniert,

erzählte Grando mehrmals, dass er gelernt habe, die Menschen zu beobachten, ihnen zuzuhören, zu analysieren, was aus ihren Mündern kommt und was damit einhergeht. Als ich ihn ein bisschen verstanden hatte, begriff ich viel von unseren Gastgebern und ihren Vorstellungen. Letztlich ist es ein subjektives Urteil. Darum sage ich auch, dass ich manchmal das Gefühl habe zu wissen, was man über mich sagt, wenn ich durch die Straßen gehe. Das ist eine Frage der Kommunikation, mit einem fetten „K"! Grando, mein großes Vorbild, hat an der städtischen Universität Kommunikation und interkulturelle Pädagogik studiert. Er war es, der mir davon erzählte.

Vielleicht muss ich noch erzählen, wie und unter welchen Umständen ich ihn kennengelernt habe. Wie ich mich von seinem Charme einwickeln ließ, einem jungen Mädchen gleich, das sich in einen Gentleman verliebt. Ich sagte es schon, es war in einer Bar anlässlich eines afrikanischen Tanzabends, der oft zum Vergnügen aller organisiert wird. Grando war gut angezogen, nicht wie so viele, die wie Rapper aussehen wollen. Er trug eine Jeans und eine Jeansjacke, darunter ein schönes Hemd. Er rauchte und trank, umgeben von jungen, weißen Mädchen. Er sah weise aus, er tanzte nicht. Wenn er etwas sagte, lachten sich die Mädchen derart schlapp, dass man sich manchmal fragte, was er gerade erzählte. Ich sah Leute um ihn herum, die sich

14

manchmal rüberneigten und zuhörten, um mitzukriegen, was er erzählte. Ich sah auch junge Mädchen mit weit aufgerissenen Augen, zusammengekniffener Stirn, andere, die nach den Lachsalven seiner Begleiterinnen vergeblich versuchten, ihn mit ihren Augen zu fixieren. Während ich das alles beobachtete, wie hätte ich nicht von diesem Mann begeistert sein können? Ich hatte Lust ein bisschen mit ihm zu plaudern; aber wie sollte ich es nur anstellen? „Na gut, ich kaufe mir noch ein kleines Bier, da sie neben der Theke sind. Ich versuche ihn zu grüßen, höflich wie in Afrika, und wenn sich die Möglichkeit bietet, beginne ich freundlich, mit ihm zu plaudern. Beispielsweise über ein afrikanisches Thema. Es gibt übrigens so viel zu erzählen über unseren Kontinent." Das war also die Idee, die mich zu ihm führte! Einige Schritte von der Bar entfernt, suchte ich Augenkontakt. „Nicht geklappt!", sagte ich mir. Er schaute mich nicht mal an, er war mit seinem Handy beschäftigt. Ich hatte Glück, als eine der jungen Damen mich grüßte, voller Freude, während sie mich tätschelte.

„Hallo, Maleck!"

Meine Reaktion zeigte ihr, dass ich nicht Maleck war. Verlegen entschuldigte sie sich.

„Oh, oh, Entschuldigung, äh … ich entschuldige mich."

Grando schritt sogleich ein, wie um der jungen Dame zu sagen: „Das ist keine Sünde, meine

Liebe. Übrigens ist er Afrikaner …"

Ich grüßte ihn freundlich.

„Hallo, Großer!"

Der Mann war stolz auf mich, ich bemerkte es.

„Hallo, mein Kumpel! Wie geht's?"

Die junge Dame war überrascht. Sie fragte sich zweifellos, ob sie sich wirklich getäuscht hatte.

„Ihr kennt euch?", fragte sie uns.

„Nein! Aber ich weiß, dass er ein frankophoner Afrikaner ist, nicht wahr mein Freund?", fragte mich Grando.

„Ja, ich bin aus Westafrika."

„Daran zweifle ich nicht. Möchtest du etwas trinken?"

„Äh … ja!"

Wir lernten uns kennen. Mein Name Freddy war mir an diesem Tag sehr hilfreich. Grando gab mir seine Handynummer …

Seit einer Woche habe ich Abelo nicht gesehen. Ich verbrachte die Nächte ganz allein. Ich begann, mir Sorgen zu machen, fragte mich Tag für Tag: „Was ist ihm passiert?" Die Reaktionen der anderen verwirrten mich, als ich ihnen von meinen Sorgen erzählte. Einige von ihnen runzelten die Stirn, sie waren überrascht, dass ich mir Sorgen um meinen verschwundenen Zimmernachbarn machte. Sie lachten über mich. Einer von ihnen fragte mich direkt, ob ich mit ihm nach Europa gekommen wäre. „Mein Kumpel, kümmere dich um deine Probleme, du bist nicht mit Abelo nach Europa gekommen!" Sicherlich. Und ich habe viel zu tun: mir Gedanken zu machen, was mich erwartet …

Aus Neugier fand ich mich am folgenden Freitag in einer Diskothek wieder – sicherlich aufgrund meiner Einsamkeit. Am Empfang stand auf einem Plakat die zu zahlende Summe. Zwei junge Mädchen waren da. Eine saß hinter der Kasse, die andere, wie ein Soldat postiert, kümmerte sich um die Jacken der Gäste. Ich bekam das alles durch das Paar vor mir mit. Ich versuchte, ruhig zu wirken, eine normale Haltung zu bewahren, wie einer, der es gewohnt ist, obwohl mich innerlich eine gewisse Angst erschaudern ließ. Ich trat den fragenden Blicken der jungen Mädchen mit meinem zehn Mark Schein entgegen und wurde mit einem Lächeln empfangen, schmeichelnd, seicht. Eine von ihnen bot mir Bonbons an, die in einer Untertasse stilvoll angeordnet waren. Ich nahm eines, voller Raffinesse, und trat ein.

Eine Vielzahl an blauen Lichtern sorgte für gedämpftes Licht, wie in der Bar, in der ich Grando kennengelernt habe. Kleine Sofas, sicher für die Verliebten bestimmt, waren stilvoll in den Ecken eingerichtet. Ich sah ineinander verschlungene Paare, leidenschaftlich, glücklich. Ich begab mich zur Bar und kaufte mir ein Bier. Ich setzte mich irgendwo hin, an einen der

Tische, die um die Tanzfläche herum aufgestellt waren. Ich trank mein Bier in kleinen Schlucken, vor mich hin träumend. Ich dachte mal an Abelo, mal an Grando, mal an mich selbst, an meine Situation als Asylant, an meinen Status als Goundaman. Ich musterte ernsthaft den Saal und ich sah keinen Schwarzen. Ich war der Einzige an diesem feenhaften Ort, der sich nach und nach füllte. Neugierig beobachtete ich die unermüdlichen und kühlen Tänzer, die Gottesanbeterinnen gleich hin und herwackelten. Es schien mir, dass sie kein Gefühl für den Rhythmus der Musik hatten, als versuchten sie nur, ihre Körper in Schweiß zu baden. Ich stellte mich vor einen Zigarettenautomaten, kaufte eine Schachtel. Ich kehrte schnell zu meinem Platz zurück, zündete mir mit einem der Streichhölzer, die ich auf dem Tisch fand, eine Zigarette an. Ich rauchte zum ersten Mal, indem ich frech den Rauch aus meinem Mund strömen ließ. Bald war die Diskothek voller Menschen und eine karnevalistische Atmosphäre breitete sich aus. Es war nicht mehr genug Platz zum Hin- und Herschlendern. Gruppen fanden sich. Menschen: Jüngere und ein bisschen ältere, fanden sich, abseits, redeten miteinander. Andere, wie ich, vereinsamt, manchmal stehend, gaben sich dem Genuss der verschiedenen Spektakel hin. Zwei junge Frauen klammerten sich an meinen Tisch, rauchten in tiefen Zügen, damit beschäftigt zu plaudern.

„Hallo!", rief ich ihnen zu.

Die Antwort auf meinen fröhlichen Gruß war fast nicht zu hören. Ich war frustriert. Der DJ spielte Techno-Musik. Sogleich erhob sich eine der beiden, forderte die andere auf, auf die Tanzfläche zu gehen. Aber sie reagierte eigenartig, zögernd, da sie sich mühte ihre Abneigung zu verbergen. Geschickt griffen sie nach ihren Gläsern, nahmen ihre Handtäschchen und mischten sich unter die schon versammelte Menge. Wieder war ich alleine; ich musste mit einer weiteren Zigarette Vorlieb nehmen. Einige Minuten danach tauchte, einen Sitzplatz suchend, eine andere Frau vor mir auf, die ein Glas in der Hand hielt. Sie fragte mich zögernd und verwirrt.

„Ist dieser Platz frei?"

„Äh … ich denke ja", antwortete ich.

„Sie denken …?", erwiderte sie ungeduldig.

„Nein, nein. Er ist nicht besetzt«, beeilte ich mich, sie zu beruhigen.

„Danke", sagte sie.

Sie zog ihre kleine, schwarze Lederjacke aus, schüttelte ihren Kopf, wie um ihre langen Haare wieder in Ordnung zu bringen, seufzte und setzte sich. Ein zarter Oberkörper, mit kleinen hervorstehenden und aufreizenden Brüsten, die sich unter einem weißlichen T-Shirt abzeichneten, bot sich mir dar. Sie traute sich nicht, meinen Blick zu erwidern. Unter dem starken Licht wirkten ihre Augen mal grünlich, mal bläulich, und es schien, als ob sie ständig auf der Hut sind und prüfen würden, ob alles in Ordnung ist. Wenn man uns sah, hätte man an zwei gegensätzliche Kontrahenten gedacht, dazu verurteilt, einige Augenblicke zusammen zu verbringen. Ich erinnerte mich zugleich an einen Ausspruch von Grando: „sich weiße Freunde machen".

„Kommen Sie … oft hierher?", fragte ich sie.

„Nicht so oft!", antwortete sie mir, aufrichtig lächelnd.

Niemand sagte etwas. Ich suchte nach einer anderen, freundschaftlichen Frage, die ich ihr hätte stellen können. Da kam mir die Idee, sie mit weiteren Fragen zu verschonen, auch auf das Risiko hin, dass sie beim nächsten Lied verschwindet.

„Ich bin zum ersten Mal hier …", sagte ich ihr.

„Ah, gut!", erwiderte sie, während sie die Augen aufriss.

Ich hatte den Eindruck, dass sie mich fragen wollte, warum ich in diese Disco geraten bin. Ich versuchte, die Schlussfolgerungen zu erraten, die sie daraus zog. Ich stürzte mich in eine Erklärung, um für eine angenehme Unterhaltung zu sorgen.

„Äh … na ja, na ja, ich bin einfach so gekommen …"

„Einfach so?", wiederholte sie überrascht.

Mein Herz schlug etwas schneller.

„Ja. Einfach so!", sagte ich klar und deutlich.

Sie starrte mich einige Augenblicke an, dann begann sie zu lachen: was mich überraschte.

„Entschuldige", sagte sie.

„Oh, das ist kein Problem", sagte ich lächelnd.

Wir bemerkten, dass wir beide unsere Köpfe zum Rhythmus der Musik bewegten. Es war ein Stück von der Sängerin Anastacia. Sie summte vor sich hin. Ich musste verstehen, dass wir tanzen gehen sollten. Wir gingen. Wir tanzten zu den drei folgenden Liedern; ich nur widerwillig, und sie voller Freude.

Ich deutete an, dass ich zur Toilette musste. Nachdem ich mich erleichtert hatte, sprach mich auf dem Rückweg ein junger Araber an.

„Hi, Kollege!"

Ich war ein bisschen verwirrt.

„Du sprichst Französisch?", fragte er mich.

„Ja."

„Entschuldige, ich bin auch Afrikaner, aus Tunesien. Und du?"

„Elfenbeinküste …"

„Oh, Elfenbeinküste? Das ist gut! Du hast eine nette Begleitung?", sagte er breit lächelnd.

Ich zuckte mit den Schultern.

„Kommst du oft hierher?", fragte ich ihn.

„Hm, manchmal!"

„Sehr gut! Ich nicht! Ja dann, ciao!"

Ich musste dieses öde Gespräch nicht fortführen. Ich ging schnell wieder zu meiner Begleitung, die ich zu verlieren drohte. Ich spürte, dass sie sich schon langweilte. Als ich mich auf meinen Platz setzte, empfing sie mich mit einem fast schon blendenden Lächeln. Wir lernten uns besser kennen. Glücklicherweise hatte ich mir am vorigen Tag ein Handy gekauft. Es war Grando, der mir dazu geraten hatte. Sie hieß Claudia.

Friedlich auf meinem kleinen alten Bett liegend, lief noch mal mein Treffen mit Claudia wie in einem Film, in dem ich der Hauptdarsteller war, vor meinen Augen ab. Ich hatte mein Handy in der Hand, aber ich zögerte, sie anzurufen, da ich dachte, dass es vielleicht unpassend wäre. Schließlich schickte ich ihr eine kurze Nachricht, eine SMS: einen einfachen, höflichen Gruß. Ich wartete mehr als zwanzig Minuten, sie antwortete mir nicht. Plötzlich bemerkte ich, dass jemand einen Schlüssel ins Türschloss steckte. Es war Abelo! Er öffnete die Tür, rigoros, entdeckte mich auf meinem kleinen, alten Bett liegend. Er sah schlecht aus, sein Gesicht war verzogen, seine Augen waren gerötet; er litt an Schlaflosigkeit. Er grüßte mich; ich bemerkte, dass er versuchte, seinen Kummer zu verstecken.

„Es sieht nicht gut aus für mich", sagte er mit den Zähnen knirschend.

„Was gibt's, Abelo?", fragte ich ihn mit pochendem Herzen.

Er sagte nichts. Er öffnete seinen Kleider-schrank, holte einen Rucksack heraus, musterte mich.

„Was gibt's?", wiederholte ich.

„Man hat der Polizei einen Passierschein ge-geben!", sagte er mir.

„Ah?", sagte ich überrascht. „Wie das?"

„Ich weiß es nicht, Freddy. Verstehst du, ver-stehst du …? Also, wenn du mich nicht mehr siehst, mach dir keine Sorgen. Ich bin weg", sagte er mit besorgter Miene, während er mit den Schultern zuckte.

„Wohin?", beeilte ich mich, ihn zu fragen.

„Ah, ah, Freddy, ich weiß es nicht. Du bist nur schon darüber informiert, das ist alles. Mach dir keine Sorgen. Wohin? Ich habe keine Ahnung. Vielleicht abgeschoben? Vielleicht in ein anderes Land, vielleicht … tot?"

„Tot? Erzähl keinen Blödsinn, Abelo!"

„Warum nicht? Man weiß nie."

„Ich hab eine Telefonnummer, kann ich sie dir geben?"

„Oh, sehr gut! Gib sie mir. Wann hast du es gekauft?"

„Letzte Woche."

„Das ist sehr schlau. Man braucht ein Handy. Das rettet einen manchmal. Ich bleibe die Nacht hier, aber morgen weiß ich nicht. Alles wird von meiner Laune abhängen. Ja, von meiner Laune, so ist es …"

Ich schaute ihn an, wie er das sagte. Mitgefühl machte sich in mir breit. Tränen füllten meine Augen; Angst ließ meinen Körper erzittern.

Abelo blieb noch eine Nacht im Asylbewerberheim. Unsere Freundschaft wurde wieder wie immer. Ich nutzte es, um ihm von meiner Begegnung mit Claudia zu erzählen. Aber er war dahingehend sehr skeptisch.

„Ich frage mich, ob sie wohl versuchen wird, dich wieder zu sehen?", sagte er mir. „Sie sind nicht immer ehrlich zu uns. Und, hast du ihr erzählt, dass du Asylbewerber bist?"

„Äh … nein."

„Nein?", wiederholte er, während er mich anstarrte.

„Natürlich nicht. Du willst, dass ich es ihr sage, dass ich es ihr jetzt sage?"

„Ich weiß nicht. Hat sie dir diese Frage nicht gestellt? Was machst du? Wie und warum bist du hierhergekommen? Wann wirst du in deine Heimat zurückkehren, nein?"

„Aber Abelo, du bist ein Genie! Woher weißt du das alles? Woher?"

„So läuft es, mein lieber Freddy! Du bist noch neu. Ich will dir keine Angst machen, aber letztendlich … Und was hast du gesagt?"

„Äh … Ich habe ihr gesagt, dass … ich mich durchschlage, dass ich mir noch keine wirklichen Gedanken über … das gemacht habe. Sie hat nicht weiter nachgebohrt."

24

„Einverstanden! Aber irgendwann wird sie es erfahren, dann …!"

„Ich sehe schon. Und was rätst du mir?"

„Das, das weiß ich nicht, mein Freund Freddy. Du hast es jedenfalls nicht schlecht gemacht. Hättest du Glück, würde sie es verstehen. Wenn nicht, wirst du sie nie mehr sehen, niemals mehr! Sie würde dich übrigens nicht mal mehr wieder erkennen. Wie heißt sie noch mal?"

„Claudia."

„Claudia, Claudia", wiederholte Abelo langsam. „Wie ist sie so? Wie alt?"

„Sie ist achtundzwanzig."

„So, so, nicht schlecht! Das ist ein schönes Alter. In diesem Alter sind sie … sind sie verständnisvoll."

„Ah ja?"

„Ja. Ansonsten, die neunzehnjährigen Mädchen muss man vergessen. Man verschwendet seine Zeit! Als was arbeitet sie?"

„Ich bin nicht so richtig dahintergekommen, Abelo. Man könnte sagen, dass sie in einer Firma arbeitet, oder in einem Krankenhaus, ich habe es nicht richtig verstanden, und ich wollte es auch nicht genauer wissen."

„Wie sieht sie aus, schön, dick?", fragte er mich ungeduldig, während er lächelte.

„Ja. Sie ist schön! Nicht dick, im Gegenteil, sie ist dünn. Nicht sehr groß, in etwa wie ich."

„Oh! Sehr gut!"

„Sie lebt ganz alleine!"

„Das ist nicht überraschend! Warst du schon bei ihr?"

„Nein, noch nicht. Wir haben uns noch nicht wieder gesehen. Ich warte darauf, dass sie mich anruft."

„Dass sie dich anruft? Du kannst es noch mal probieren, aber behutsam."

„Wirklich?"

„Warum nicht? Aber mit … Anstand!"

Wir hatten uns noch lange über das Verhalten der jungen, weißen Mädchen unterhalten. Abelo erzählte mir von seinen unglücklichen Liebesgeschichten. Ich verstand seine skeptische Haltung.

Abelo verschwand erneut. Wieder mal war ich allein. Ich sah alles schwarz, während ich mir die Erfahrungen in Erinnerung rief, die ich von anderen Goundas hörte. Hoffnungslos in einem öffentlichen Park sitzend und lustlos an meinem Döner knabbernd, spürte ich mein Handy vibrieren. Ich überflog schnell die Nachricht und erkannte Claudias Namen, unter dem ich die Nummer abgespeichert hatte. Ich zitterte. „Sorry, Freddy. Hast du am Freitagabend Zeit für einen Kaffee?" Mein Gesicht hellte sich auf, schnell verschlang ich meinen Döner, erhob mich und machte mich auf den Weg.

Wir hatten uns um 21 Uhr in einem Café getroffen. Glücklicherweise hatte ich genügend

Geld dabei. Auf zwei großen Stühlen saßen wir uns gegenüber, auf der ersten Etage, mit einer Kerze zwischen uns, die auf einer Untertasse aus Porzellan stand und alles in schummriges Licht hüllte. Es war voll. Die Musik lief im Hintergrund. Claudia schien sehr glücklich zu sein. Ich war noch immer überrascht von diesem Wiedersehen und versuchte mit aller Kraft, dieses Grummeln im Bauch zu besiegen.

Claudia wollte wissen, was ich den Tag über gemacht habe. Ich musste stottern, stammelte Sätze vor mich hin, die nur in der Situation und für die entsprechende Zuhörerin zu verstehen waren. Sie gab sich alle Mühe, mich zu verstehen. Meine Gesten, meine Mimik, die ich, glücklich wie ich war, an den Tag legte, waren dabei außerordentlich hilfreich. Claudia hatte einen wunderbaren Humor. Die Karte in der Hand fragte sie mich, was ich zu speisen wünsche. Ich hatte keine Ahnung von den kulinarischen Rezepten und so riet mir meine Erfahrung, etwas mit Fisch zu nehmen. Claudia empfahl mir etwas, ich war einverstanden.

Der Ober kam an unseren Tisch: „Was wünschen Sie zu trinken?", fragte er umsichtig. Wieder mal rettete mich meine Vorsicht. Ich machte es wie sie. Wir bestellten zwei Gläser Wein: Claudia roten und ich weißen. Ich sollte ihren Wünschen nicht blind folgen, dachte ich mir. Sie blickte mich aufmunternd an, seufzte kokett. Durch die heitere Stimmung angeregt, sprachen wir über Gott und die Welt: Über unsere Geschmäcker, über das, was wir verabscheuten, über die Familie, über Kinder; ja über all das! Einige Stunden später, nachdem Claudia ihm ein Zeichen gegeben hatte, kam der Ober zurück. Wir mussten noch die Rechnungen begleichen. Sie gab ihm einen Schein und sagte: „Getrennt!" Der junge Mann sah mich an: Glücklicherweise hatte ich genügend Geld bei mir. Das war noch ein Ratschlag von Grando!

Unser Abend fand einen angenehmen Abschluss bei ihr. Wir waren mit dem Taxi zu ihr gefahren. Claudia lebte in einer kleinen Zweizimmerwohnung. Die Küche grenzte an eine große Straße, an der die Straßenbahn 2 entlang fuhr. In ihrem weiträumigen Badezimmer, ebenso groß wie die anderen Zimmer, lag gemütlich eine große schwarze Katze. Sie war fast eingeschlafen. Wir waren nicht sofort zu Bett gegangen. Kaum hatten wir uns hingesetzt, zeigte sie mir ihr Fotoalbum. Wir hatten es zusammen durchgeschaut, während wir, glücklich wie zwei Verliebte, einen italienischen Wein schlürften, während sie mir von ihren zahlreichen Reisen durch Europa, Nordafrika und Amerika erzählte.

Heute Abend schoss es mir plötzlich durch den Kopf. Seit einer Woche hatte ich nichts von Claudia gehört. Das Wetter schien schön zu werden. Ich nahm eine Dusche und pfiff dabei vor mich hin. Während ich mich anzog, schickte ich ihr eine SMS, um sie von meinen Plänen zu informieren, sie zu besuchen, beschwingt von dem Gedanken, sie wieder zu sehen, von dem Gedanken, dass sie mich verstünde, dass sie meinen Status als Asylbewerber verstünde. Ich hatte mich dazu entschieden, ihr davon zu erzählen. Ich eilte zu einem Floristen der kleinen Stadt und kaufte Blumen, Rosen. Ich musste ihr auch von dem tiefen Gefühl erzählen, das sich seit meinem Besuch bei ihr in mir breitmachte. Ich wartete immer noch ungeduldig auf ihr Einverständnis, wartete darauf, dass sie mir sagt: „Hi Freddy! Ja, komm in einer Stunde!" Wie oft bin ich in dieser Zeit in unserem Zimmer hin und her gegangen? Ich erlebte in Gedanken noch mal all die kleinen Szenen, die wir seit unserem Treffen zusammen erlebt hatten. Ihr Lächeln, ihre Koketterien, ihre Ausrufe, ihr Erstaunen, ihre überraschten Gesten; ich hatte allen ihren kleinen Zügen, ihrer Schönheit ein ganz bestimmtes Gewicht beigelegt. Ich wartete ungeduldig, indem ich mir ausmalte, wie ich mich verhalten, was ich sagen würde. Der Blumenstrauß stand auf dem kleinen Beistelltischen, ich wartete. Man rief mich in unseren Vorraum. Lässig und unmotiviert, wegen der üblichen Gründe für diesen Appell, ging ich los. Als ich zurückkam, sah ich, dass ich eine Nachricht von Claudia bekommen hatte. Die Nachricht, auf die ich seit mehr als zwei Stunden wartete. Aber ich war bestürzt und enttäuscht, als ich folgendes las: „Hi Freddy! Das ist nicht möglich. Ich bin nicht verliebt in dich. Lassen wir es also. Viel Glück!"

Meine Augen röteten sich. Mein Blick richtete sich auf den Blumenstrauß; ich hatte den Eindruck, dass sich die Farben der Blüten langsam und unerbittlich änderten. Mir wurde schwindelig. Ich wusste nicht mehr, wo ich war. Ich fühlte, wie eine düstere Stimmung in unser Zimmer einzog.

Das Privileg der halbjährigen Aufenthaltsgenehmigungen galt für mich nicht mehr. Ich war in einer prekären Situation, der *Duldung*, von der ich gesprochen hatte. Ich hatte nur noch sehr kurze Aufenthaltsgenehmigungen bekommen, die jedes Mal mit einem Stempel erneuert werden mussten. Niedergeschmettert über meine zweimonatige Aufenthaltsgenehmigung, die man mir soeben gegeben hatte, eilte ich besorgt zu meinem Anwalt. Weil ich ihm noch Geld schuldete, hatte ich mich mit einem Drittel meiner Schulden ausgerüstet. Seine Sekretärin rief mich auf und gab mir zu verstehen, dass ich eintreten könne. Ich fand ihn in seinem Sessel sitzend. Vor sich hatte er Stapel von Papieren, die fein säuberlich einer neben dem anderen standen. Er grüßte mich freundlich, wie es seine Art war, als ich in das Zimmer trat.

„Guten Tag!"

„Guten Tag, Herr Anwalt!", erwiderte ich.

„Setzen Sie sich doch bitte."

Ein bisschen nervös setzte ich mich hin, ganz gerade.

„Was kann ich für Sie tun? Sehr gut! Sie kommen, um einen Teil Ihrer Rechnung zu zahlen. Sehr gut!"

Ich nickte.

„Äh …", sagte ich. „Ein Brief, ein Brief …"

„Ein Brief?", erwiderte er überrascht. „Lassen Sie mal sehen, bitte."

Ich reichte ihm den Brief. Er überflog ihn schnell, seufzte anschließend kurz.

„Hm, ja Herr Alfred Manfey, das Gericht hat den Wahrheitsgehalt ihrer Beweise angezweifelt, die Dokumente, die Sie mir das letzte Mal gebracht haben. Es meint, dass nichts davon beweist, dass Sie der politischen Partei angehören, die in Ihrem Land von der Regierung verfolgt und bedroht wird."

„Aber Herr Anwalt … Sie waren es doch, die Leute vom Gericht, die danach gefragt hatten!?"

„Ja, ja. Hier steht, dass Ihr Mitgliedsausweis nicht vom Hauptsekretär unterschrieben ist, der Erste …"

„Hm … es ist aber nicht der Hauptsekretär, der die Mitgliedsausweise unterschreibt, es sind die … Untersekretäre."

„Ich verstehe. Aber es tut mir leid. Darüber hinaus steht hier noch, dass es nicht genügend Beweise gibt, dass Sie verfolgt wurden, dass Ihr

Leben in Gefahr war."

„Äh … äh …"

„Haben Sie zum Beispiel kopierte Zeitungen, in denen es Artikel über Sie gab?"

„Äh … das habe ich nicht, Herr Anwalt. Die Dinge geschahen in meinem Viertel, in der dortigen Untergruppe für die ich verantwortlich bin."

„Gut, gut, ich werde mich diesbezüglich an die Verantwortlichen des Gerichts wenden müssen."

„Äh … meine Aufenthaltsgenehmigung wurde nur für zwei Monate verlängert, zwei Monate …"

Mein Anwalt nickte zustimmend mit dem Kopf und vermittelte mir so den Eindruck, als ob er mich verstünde. Er sagte: „Dahingehend kann ich leider nichts machen, Herr Manfey. Das ist das Prozedere! Ich werde alles dafür tun, dass Sie danach weiter verlängert wird, so läuft es nun mal …"

Eine Woche später erhielt ich von ihm eine Nachricht. Es müsste eine Untersuchung durchgeführt werden um meine Dokumente, meinen Fall auf ihren Wahrheitsgehalt zu überprüfen. Ich musste ihn noch mal besuchen, um weitere Auskünfte zu geben und so die Untersuchung zu erleichtern, deren Kosten ich zahlen sollte. Ich müsste einen großen Teil des mühsam gesparten Geldes dafür aufbringen. „Was soll's", sagte ich mir und zuckte dabei mit den Schulten. Ich genoss den Gedanken, dass sich für mich alles zum Guten wenden würde. Neue Hoffnung erfüllte mich.

Ich hatte komplett vergessen, Abelo Bescheid zu geben, dass man mich aufgefordert hatte, mich heute in ihrem Büro einzufinden. „Man", das sind die Verantwortlichen von unserem Asylbewerberheim. Ich sollte um halb sieben morgens dort sein. Ich musste zu dieser Zeit da sein. Und ich war da, pünktlich. Ich hatte ihre gute Angewohnheit des Pünktlichseins schon angenommen. Wie gewöhnlich ließ man mich noch ein wenig warten, als einer der drei Polizisten, darunter eine Frau, mir befahl, ihnen zu folgen. Ich folgte ihnen. Ich folgte dem ersten, präzise, mit schnellen Schritten; ein anderer hinter mir und die Polizistin neben mir.

Ich wurde in ihr Auto gesetzt, nach hinten, ganz allein. Ich wusste nicht, wo man mich hinbrachte. Aber ich ahnte ihr Vorhaben. Abelo und andere Goundamen hatten mir davon erzählt.

Das Polizeiauto fuhr in eine andere Stadt, ins Büro eines anderen Asylbewerberheims. Zwei Goundamen waren da, sie warteten. Sie wurden, wie ich auch, aufgefordert, sich an diesem Ort einzufinden. Man ließ sie ins Auto einsteigen. Ich erkannte einen von ihnen, einen Landsmann. Wir waren ein bisschen überrascht, uns in einem Polizeiauto wieder zu sehen. Wir konnten uns ein Lachen nicht verkneifen, mit erheiterten Gesichtern, ohne Angst. Als ob er mich auslachen wollte, sprach mein Landsmann in unserem Slang mit mir, der Sprache der Jugendlichen in unserem Land, *Nouchi* genannt.

„Mano, was dreht los? Hat man dich auch im Netz?"

Er war überrascht, dass man mich auch mitgenommen hatte. Ich erwiderte ihm in unserem Slang.

„Lass sie doch, wenn das ihnen bockt. Diese deutschen Grüner, denken sie, wir sind Säuglinge? Sie haben nur scheiße Gebärden zu uns."

Ich sagte ihm, dass die weißen Polizisten uns wie Naivlinge behandeln und dass ich ihr Verhalten hasse. Er machte weiter.

„Scheiße! Lass sie alles schütteln, wir werden unsere Popos hier kleben! Wo sollen wir abblitzen? Wir blitzen nirgendwo ab! Unseres wird hier schon gezielt. Jiep!"

Mein Landsmann war nervös. Aber er gab sich mutig, da er mich ermahnte und sagte, dass nichts ihn dazu bringen könne, in die Heimat zurückzukehren, dass er große Hoffnung hege, dass für ihn, für uns alles gut ende. Der andere lächelte. Er verfolgte seine Rede.

„Es sind unsere Pässe, die sie suchen, um uns rauszuwerfen! Sie lügen ehrlich! Niemals würde ich ihn tauchen, und ich scheiße auf alles! Wenn es zerbombt, ich lasse mich in den Wald fallen. Ach, oder? Ah, oder was? Mein Bruderfreund, träume etwas anderes. Es wird

ihnen nicht gezielt, unsere Herzen zu töten. Adjouffou ist härter. Was sollen wird dort machen?"

Ein Fluch folgte der Rede. Er gab uns zu verstehen, dass die deutschen Polizisten unsere Ausweise suchten, um uns ausweisen zu können und dass sie sich die Mühe umsonst machten, da er ihnen niemals seinen eigenen aushändigen würde. Er hatte hinzugefügt, dass, falls sich seine Situation verkompliziere, er nicht zögere zu flüchten. Schließlich ermutigte er mich, mich nicht einschüchtern zu lassen. In unserem Slang und in abgewandelter Form bedeutet das der Ausdruck „das Herz von jemanden töten". Unser Land wird seit einiger Zeit wie das Viertel, wo sich der Flughafen befindet, benannt „Adjouffou" und für alle Goundamen ist die Rückkehr in dieses Land, wegen der dort herrschenden, schwierigen Verhältnisse, ausgeschlossen. Er schwieg. Wir schauten uns an; dann, wie um die Stille zu durchbrechen, stellte er mir seinen Begleiter vor.

„Freddy, der hier ist mein Bro von Gounda. Wir sind immer zusammen."

„Wie gesund bist du, mein Dude?", fragte ich ihn.

„Jiep", murmelte er undeutlich, während er die Stirn runzelte.

Ich bemerkte, dass er kein Landsmann war. Zweifellos gab er, wegen der sozialen und politischen Unruhen, die seit dem Militärschlag herrschen eine andere, unsere Nationalität an. Das ist die Hauptsache für einen afrikanischen Goundaman in der *Kälte* (in Europa). Und das weiß alle Welt, sogar die weißen Politiker.

Das Polizeiauto machte in einer weiteren Stadt einen Zwischenstopp. Das gleiche Szenario wiederholte sich. Der junge Mann, den man einsteigen ließ, war ein Bekannter meines Landsmanns, und kam ebenfalls aus unserem Land. Wir waren nun zu viert. Nach mehr als drei Stunden kamen wir in die Stadt Bonn. Wir waren alle in unserer Botschaft.

Für die deutschen Polizisten war der Ertrag nicht allzu gut. Kein einziger Passierschein wurde von dem Verantwortlichen des Konsulats ausgestellt oder versprochen. Wir waren Zeuge einer richtigen Diskussion zwischen ihm und den weißen Polizisten. Es war ein bisschen hitzig, sodass sie aufgefordert wurden, unsere Botschaft zu verlassen. Tatsächlich konnte kein offizielles Dokument unsere Nationalität belegen. Nichts bewies, dass ich und meine Landsmänner aus Adjouffou waren. Aber wir wussten, dass wir aus diesem Land stammten, wie man jemanden erkennt, der aus demselben Dorf wie man selbst kommt, da jede Region in Afrika, zumindest bei uns, durch eine bestimmte Sprache charakterisiert ist. Außerdem war da noch unser Nouchi, was es uns ermöglichte – uns Jungen aus Adjouffou –, uns zu erkennen und uns eine eigene Identität zu verleihen. Nach diesem erfolglosen Versuch für die weißen Polizisten machten wir uns, überglücklich, auf den Rückweg. Eine entspannte Atmosphäre, wie auch Hoffnung, machte sich unter uns breit.

„*Diese Weißhäute, sie lieben scheiße Laken, oder?*", erklärte der erste Landsmann.

„Scheiße Laken lieben" bedeutet in unserem Slang „nervlich sein, nerven".

Der Nächste machte weiter.

„*Was glauben sie denn? Glauben sie, wir sind hierhergekommen, um auf der Bühne zu glänzen, oder was?*"

Er meinte, wir sind nicht hier, um uns auf die faule Haut zu legen.

Der Erste fuhr fort.

„*Was gibt's schon Extra hier? Nichts! Wo ist das geile Live? Wir sind nur gekommen, um unser Warmessen zu finden. Das ist alles!*"

Der Eine, ebenfalls außer sich, machte das europäische Leben schlecht, indem er die Gründe seines Kommens schilderte: „Gekommen, um sich in Europa durchzuschlagen, auf der Suche nach Geld". Sie unterhielten sich so natürlich in unserem Slang, dass, wer immer sie auch hörte, glauben konnte, dass sie in ihrer Muttersprache redeten. Unser Slang beinhaltet Wörter verschiedenen Ursprungs: Einige aus westlichen Sprachen wie dem Englischen, wie es der Fall ist bei dem Wort *live*, das „Leben" bedeutet; andere aus den Sprachen unserer Heimat und Wörter, die wir selber erfinden, ohne dass ich weiß, wie das geschieht. Der zweite Landsmann nahm das Gespräch wieder auf.

„Sie tun, als ob es nicht sie waren, die zuerst zu uns gekommen sind. Fou ... ou ... taise!"

Ein langer Fluch begleitete seinen Ausspruch.

„Sie hatten nichts, und wir hatten Mitleid mit ihnen; sie sind gekommen, um unsere Sachen zu ratzen, und jetzt scheißen sie auf uns, sie bluffen richtig!"

Er schien sehr verärgert zu sein; sicherlich, weil er den Weißen die Schuld am Schicksal Afrikas gab. Er meinte, dass sie zuerst auf unseren Kontinent kamen, um dort zu suchen, was ihnen fehlte und sich so an unseren Reichtümern vergriffen haben. Er hatte ein Wort unseres Slangs benutzt, ein völlig gewöhnliches, wie ich gelernt habe. Es bedeutet „klauen, entwenden".

Diese Reise nach Bonn hat sich in mein Gedächtnis eingebrannt. Ich wurde von einer tief in mir gärenden Angst ergriffen. Meine Haltung hatte sich verändert, ich zitterte jeden Tag vor Angst; ich erzitterte bei der Idee, mich eines Tages, plötzlich und ohne mich darauf vorbereiten zu können, in meiner Heimat, in meinem Heimatland wiederzufinden. Ich zitterte, weil ich wusste, dass ich die Reaktionen meines sozialen und familiären Umfelds, seien sie auch tröstend, nicht ertragen könnte. Trotz der aufmunternden

Worte meines Freundes Abelo hatte ich Angst wegen seiner Erfahrungen, von denen er mir erzählte; die gleiche Erfahrung, wieder und wieder erzählt.

„Ah! Vor was hast du Angst, Freddy. So läuft es!", sagte er mir. „Denkst du, dass das so einfach klappt!"

„Aber sie wollen uns doch ausweisen?", protestierte ich.

„Natürlich! Hier bist du nicht zu Hause. Willst du das etwa auch vergessen? Das ist nun mal so, aber wir sind hier!"

„Und du, hast du keine Angst?"

„Warum nicht? Aber ich habe keine Angst mehr, wenn es nicht gut für mich läuft, hm … Du weißt genau, dass ich schon fünf Jahre im Asyl lebe, und bald schon sechs!"

„Das ist wahr", stimmte ich Kopfnickend zu. „Und wie denkst du, da rauszukommen?"

„Du fragst mich, wie? Aber da sind doch Anwälte, oder nicht? Hast du unsere Akten vor dem Gericht vergessen?"

„Nein, aber … es sind schon fünf Jahre, dass er sich damit beschäftigt …"

„Ja, ja. Du weißt, die Mühlen der Justiz mahlen langsam, nicht wahr! Es kommt immer zu einer Wende in unseren Angelegenheiten. Du hast erst acht Monate hinter dir, du wirst sehen, wie das abläuft. Und dann gibt es Anwälte, die uns helfen, oder nicht! Das sind auch Weiße! Was willst du also?"

„Das ist wirklich hart?"

„Wer hat dir gesagt, dass es leicht wäre?",
sagte er streng. „Wenn du glaubst, dass es einfach ist, ha!", höhnte er.

Während ich allem Kopfnickend zustimmte,
fragte ich ihn:

„Wenn es also nicht gut für dich läuft, wo
gehst du hin?"

„Ich weiß es nicht, ich weiß es nicht, Freddy.
Überall hin! Dahin, wo es gut für mich zu sein
scheint, aber nicht nach Afrika! Nicht jetzt,
wenn du so willst."

Es folgte eine Pause. Ich war bereit, ihm zuzuhören. Ich wartete auf ihn. Er fügte hinzu:

„Man kann auch Glück haben, oder was."

„Glück? Wie? Mit dem Gericht, den Anwäl-
ten?"

Er fixierte mich lange. Ich hatte den Eindruck, Dummheiten gesagt zu haben. Er blin-
zelte, mehrere Male, und stammelnd sagte er
mir:

„Glück … findet sich überall. Mit der Hilfe
Gottes."

„Mit der Hilfe Gottes", wiederholte ich.

Ein anderer Goundaman kam ins Asylbewerberheim, ganz glücklich, einen Brief in der
Hand.

„Wow, wow!", rief er.

Er hatte gerade eine Aufenthaltsgenehmigung für ein Jahr und eine Arbeitserlaubnis erhalten. Die anderen waren neidisch auf ihn.

40

„Das ist eine Chance", sagte ich mir im Inneren.

Glücklicherweise – so kann ich sagen – traf ich eine Woche später Grando in der Straßenbahn. Er fragte mich, ob ich ihn eine Minute begleiten könnte. Ich stimmte, fröhlich und ohne zu zögern, zu. Ich nutzte es aus, um ihm von meiner Reise mit den weißen Polizisten nach Bonn zu erzählen. Er war gar nicht überrascht und schien es, für gänzlich normal zu halten. Ich fand, er war gegenüber meiner Situation unsensibel. Ich musste daraufhin von ihm hören, dass das bezüglich der Goundamen ein fast regelmäßiges Verfahren ist. Zustimmend nickte ich ernsthaft, war aber zugleich, wie ich zugeben muss, besorgt über diesen Hinweis.

„Du musst sehr genau aufpassen", warnte er mich, „sonst wirst du dich eines Tages in der Heimat wiederfinden, wenn du es am wenigsten erwartest."

„Hm, hm", sagte ich, um meine Zustimmung zu signalisieren. „Ja, darüber bin ich mir bewusst."

„Ah ja! Viele wurden rausgeworfen … einfach so, ja. Ist der Passierschein erst mal ausgestellt, bist du weg!"

Urplötzlich weiteten sich meine Augen und wurden rot.

„Ich rate dir, deutsch zu lernen. Man muss es sehr gut lernen", fuhr er fort.

„Okay."

„Das ist sehr wichtig! Mich widert es manchmal an, die Abenteurer zu sehen, die hierherkommen und sich nicht die Mühe machen … Sie geben sich keine Mühe, die Sprache des Landes zu lernen, in dem sie bleiben wollen, hm!"

„Das ist wahr, Grando. Ich kenne einige davon im Heim."

„Sonst, mein Freund, was kannst du hier machen, wenn du sie nicht beherrscht … Beherrschen ist zu viel gesagt; aber wenn du mit diesem Werkzeug der Kommunikation, dieser privilegierten Kommunikation nicht umgehen kannst, hm?"

„Das sehe ich ein, Grando!"

„Die Sprache ist ein Werkzeug! Und deutsch ist in Europa eine wichtige Sprache!"

Ich sagte nichts. Mein Mund blieb geöffnet.

„Also, wende dich dem Deutschen zu, mein Freund!", folgerte er beschwichtigend.

Abrupt hörte er auf und fixierte mich.

„Weißt du, für uns, die wir hier studiert haben, ist es das Gleiche! Ohne die Sprache hätten wir unsere Ziele nicht erreichen können. Bevor man den Sprachtest ablegt, der es möglich macht, hier zu studieren, verbringt man viel und intensiv Zeit damit, die Sprache zu lernen, ha! Und manchmal braucht es Jahre! Gut, hör zu, ich werde dich nicht länger aufhalten. Danke, ich wünsche dir viel Glück! Und, wie ich dir schon gesagt habe: Such dir auch deutsche

Freunde, zögere nicht, einen Kaffee zu trinken, wo du willst, unter Umständen auch ganz alleine, keine Komplexe!"

„Das steht außer Frage, ich danke dir vielmals für deine Ratschläge."

Er schaute mich mit einem gezwungenen Lächeln an, drehte sich um, winkte mir zum Abschied und flitzte schnell wie ein Löwe davon. Ich blieb noch eine Minute bewegungslos stehen. Ich wusste, dass er Mitleid mit mir hatte.

Die folgende Woche kaufte ich mir ein Wörter- und Grammatikbuch. Ich hatte noch einige der Regeln im Kopf, die ich in der Schule gelernt und die ich kurz vor meinem Jungfernflug noch mal aufgefrischt hatte. Aber ich merkte, dass ich das Gelernte in der Praxis anwenden musste. Unsere Isolation erleichterte die Begegnung mit der Gesellschaft nicht. Der Gebrauch der Amtssprachen unseres Landes: Französisch, Englisch und Portugiesisch brachte nicht gerade viel. Außerdem gab es diese legendäre Diskriminierung, die es uns nur in seltenen Augenblicken möglich machte, mit unseren Gastgebern in Kontakt zu kommen. Die Integration in die Gesellschaft war für uns Goundamen ein schwer zu realisierendes Projekt.

Jahre vergingen. Ich war immer noch im Gounda. Die Polizisten hatten noch mehrere Male versucht, mich auszuweisen, aber es ist ihnen nicht gelungen. Noch immer kein Beweis, dass ich aus diesem afrikanischen Land stamme. Meine Situation hatte sich nicht verbessert. Es hatte sich noch nichts wirklich verändert. Selbst der Bammel, der in mir brodelte, hatte sich nicht abgekühlt. Ich war älter geworden und war immer noch ein Goundaman, mit dem Status der Ausweisung.

Heute Abend war ich bei Grando, bei ihm zu Hause. Ich war zu der Geburtstagsfeier seiner Freundin Sabrina eingeladen worden. Sie lebten seit zwei Jahren zusammen. Sobald sie mir ihre Hand gab, hatte ich sie wieder erkannt. Sie war auch an jenem Abend dabei gewesen, an dem ich Grando zum ersten Mal getroffen hatte. Sie war eine der drei Frauen, die mit ihm da waren. Sie war die Ruhigste, die Zurückhaltendste, diejenige, die sich nicht bei jeder Gelegenheit vor Lachen krümmte, die MDL (*Mère Des Lieux = Maréchal des logis d. h. Unteroffizier*) wie man es in unserem Slang sagen würde, was so viel wie Herrin der Orte bedeutet. Zweifellos, weil sie ihren Mann gut kannte.

Ungefähr fünfzehn Personen waren da. Die meisten waren junge Frauen, Freundinnen von Sabrina. Wir, die Männer, waren nur zu viert: Grando, ein englisch sprechender Afrikaner, ein anderer Landsmann und ich. Ich glaube, dass Grando diesen Landsmann eingeladen hatte, damit ich ihn kennenlernen konnte. Er hieß Sixco. Das war sein Deckname! Er war gerade aus Afrika gekommen, wie ich es einige Jahre zuvor gemacht hatte. Ich habe ihn gefragt, wie er es angestellt hat, denselben europäischen Boden zu berühren, da ich genau wusste, dass die Bedingungen nach Europa zu kommen sehr schwierig geworden waren. Denn die Europäer wollen uns nicht mehr, uns die Migranten, uns die Asylbewerber, uns die Schwarzen. Er wollte es mir nicht sagen. Ich hatte verstanden. Man verrät es nicht, nicht mal denjenigen, die aus demselben Land kommen, oder es behaupten. Er sprach nur Nouchi. Ja, genau so ist es; man hat keine richtige Verkehrssprache für uns, nicht für Afrika, trotz der zahlreichen Sprachen, die man dort findet. Glücklicherweise haben wir Jungen aus unserem Land eine, wie auch die aus Kamerun. Eine Sprache, die wir entwickelt haben. Das ist unser Nouchi!

Sixco hatte mir von einem weiteren Goundaman aus seinem Heim erzählt. Es handelte sich um Magah, einer derjenigen, den die weißen Polizisten, im Laufe des ersten Versuchs der Ausweisung, während der Reise nach Bonn, in einem der Asylbewerberheime eingesammelt hatten. Er hatte eindringlich darauf hingewiesen, dass jener sich seit sieben Jahren „durchschnorre". Das war das Wort, das er benutzt hatte. Es schmerzte mich ein bisschen, aber das war die Wahrheit. Dieses Wort deutet auf Folgendes hin: vegetieren, vertrödeln, dahinkrebsen und auf was, weiß ich noch. Dennoch denkt man in Afrika, dass man hier besser lebe, da wir uns in einem entwickelten Land befinden, einem hoch entwickelten. Heute bedeutet das Wort „entwickelt" „industrialisiert". Grando wies mich unlängst darauf hin.

Es ist wahr, Sixco hat recht. Magah schnorrte sich sieben Jahre im Gounda durch, in einem hoch industrialisierten Land. So ist es, schon sieben Jahre in einem wahrlich hoch industrialisierten Land verbracht, wenn man es mit unserem vergleicht, ohne Scherz! Trotz des ersten Platzes, den wir weltweit im Kakaoexport innehaben, trotz der Gold- und Diamantminen, die, wie es scheint, unser Land durchziehen; trotz der weiten, dicht bewachsenen Wälder mit tausenden verschiedenen Arten von Bäumen und in denen es von Tieren nur so wimmelt. Trotz der weitflächigen Wasservorkommen: Bäche, Flüsse, Ströme, Lagunen, Ozeane. Trotz der täglichen unschätzbaren Sonne; trotz der zahlreichen Sprachen; trotz alle dem, sind wir hier, in diesen Asylbewerberheimen, die manchmal von der Gesellschaft abgeschnitten sind, die auf immer und ewig moralisch fragwürdig bleiben, die immer von der Polizei traktiert werden, um uns auszuweisen, um uns dorthin zurückzuschicken, wo wir herkommen. Deshalb hatte ich den Eindruck, dass man mich für einen Primitiven hielt, wenn ich durch die Straßen ging, mich bequem in den Zug, in die Straßenbahn setzte, einen Primitiven, der sich in ihrem Land erst entwickelt hat!

Wir hatten ausgemacht, uns wieder zu treffen; wir, die drei Landsmänner. Aber nicht in einem Café; wir wagten es nicht. Wir wagten es nicht, da wir die besorgten Blicke der Leute nicht ertragen konnten. Das war uns unbehaglich. Außerdem kostet ein Bier etwa viermal so viel! Wir hatten es nicht gewagt, in ein Café zu gehen und viermal so viel für ein Bier zu zahlen – im Vergleich zu dem Preis im Supermarkt –, um dafür neugierig und wütend gemustert zu werden.

Wir waren in der Küche meines Asylbewerberheims. Mein neuer Zimmernachbar, ein Nigerianer, war nicht da. Ich hatte ein bisschen Reis und eine Erdnusssauce gekocht, die es mit frischem und getrocknetem Fisch gab, den ich in einem afrikanisch-asiatischen Supermarkt gekauft hatte. Dort kaufen die meisten Ausländer ein. Dort kann man Zutaten kaufen, die man bei uns in Afrika verwendet und die wir gewöhnlich zu uns nehmen. Ich habe dieses Essen vor allem als Zeichen der Freundschaft gekocht, die sich zwischen uns aufbaute. Uns, die wir vorgaben, aus demselben Land zu stammen.

Die Atmosphäre war sehr gut, freundschaftlich, brüderlich. Aber wir waren wegen der sozialen und politischen Lage in unserem Land sehr angespannt. Seit dem blutigen Umsturzversuch am 19. September 2002 hat sich die Lage in unserem Land verschlimmert. Es war so schlimm, dass sogar das Fernsehen und einige deutche Journalisten davon berichtet haben. Aber darüber hinaus war es keine große Sache, da es für Afrika nichts Überraschendes darstellte. Ja, wir, die Landsmänner gingen seither auf dem Zahnfleisch. Die Scham störte unseren Stolz. Kann ein Afrikaner überhaupt Stolz sein? Unsere Gesichter waren von Demütigung gezeichnet. Der kleinste Hinweis auf dieses Thema von Seiten anderer Afrikaner fiel uns, schwer zu ertragen.

Zwischen Sixco und Magah war diesbezüglich eine hitzige Diskussion ausgebrochen. Ich war sehr überrascht, nicht wegen der Inhalte ihrer Absichten noch wegen ihrer Argumente. Es lag daran, wie sie unseren Slang beherrschten. Sie hatten sich unterhalten, als wir aßen und tranken.

„Unsere Führer kochen mein Blut wirklich!", wunderte sich Magah.

„Sie sind wirklich naiv. Setze bitte deine Gedanken nicht auf sie!"

„N′Zuéba kam ganz leicht an die Macht und dann wollten sie den Angeber spielen. Sie denken nur ans Tanken. Darum haben ihn die Milos weggefegt ..."

„Angeber? Die?"

„Was Koudou betrifft, aber ... ich verrocke das nicht ...

„Lass sie doch, alles was sie kennen, ist leeres Chatten. Sie speicheln nur rum und puffen nur Scheiße. Darüber hinaus sieht man nichts!"

48

„Hm, du kennst sie gut, sie können nichts anderes als blablabla. Sie speicheln viel, auch wenn sie nichts machen werden, sogar wenn sie noch nicht mal angefangen haben, beteuern sie überall, dass sie es schon gemacht haben!"

„Das ist nur ein großer Scheißdampf! Drei Typen wollen zur gleichen Zeit Präsidenten werden, aber wirklich!"

„Die, die wollen Präsidenten sein, was für Intellektuelle überhaupt? Die sollen Präsidenten sein? Präsidenten, für nen Arsch, pah!"

„Das Land bricht in Scheißerei aus, bloß wegen eines einzigen Typen."

„Es sind die Leute der PDCI, die ADO geschickt haben und danach behaupten dieselben Typen überall, dass er kein Ivorer ist."

„Ah, das liegt wohl daran, dass sie alles über ihn wissen."

„Aber ...?"

„Lass mir dir eins sagen. Die lecken alle die selben Suppe aus, sie alle! Weißt du das nicht?"

„Ah! Dann liegt es also an ihren Schweinereien, dass der kleine Soro die Macht übernehmen will?! Weil sie nichts in ihren Schädeln haben. Nichts weiter als ein kleines Kind von zweiunddreißig Jahren!"

„Aber man soll nicht verzocken, dass sie Menschen umgekippt haben, nicht wahr!"

„Das ist wahr, das ist nicht sauber. Das ist zu krach!"

„Er ist wirklich steif, oder nicht!"

„Kannst du nicht verrocken, dass mich das alles pissig macht?"

„Ja, ja, wir hier in dieser Kälte, hier in Bundy; das ist scheiße! Wo soll man hin? Wo?"

„Und, diese Sache können sie nicht in Adjouffou schönen, oder in Afrika, oder was. Hm, es liegt jetzt an Franky! Sie haben keine Ehre, diese Lauche!"

„Ah, wenn es keine Weißhäute in unseren Unterlagen gibt, kann man dann noch was machen? Noobs, sind sie alle!"

„Dieselben Weißhäute, sie sind es, die unseren Leuten die 007 flussern."

„Das sind Hunde, Idioten, so muss man sie nennen!"

„Du hast ja recht, mein Bro! Es scheint, als ob es an den Verträgen läge ... Koudou will es Franky nicht geben, so ist es! So ist es!"

„Welcher Vertrag?"

„Es scheint an den Brücken zu liegen, die man bauen muss, solche Dinge halt ... Sie wollen unsere Wirtschaft übernehmen, weil sie damit eine Menge Steine schlucken können, mein lieber Bro. Aber Koudou hat das im Gehirn, und er sagte ihnen Niet!"

„Ah ja? Aber N´Zuéba ist nicht die Mühe wert, oder was!"

„Und deshalb chattete Opa-Houphouet immer von der wirtschaftlichen Unabhängigkeit!"

„Ah ja! Das ist der Grund? Aber nein, so kann man nicht weitermachen! Auf keinsten!

50

Also ... die dort, wissen die denn nicht, dass die Kolonisation beendet ist? Deshalb kommt man hierher, um zu krachen, in die Goundas."

„Lieber Bro, so fraţen wir doch! Sonst werden wir nie aufhören, darüber zu chatten! Was zielen muss, ist hier etwas zu angeln!"

„Doch, sie spucken wirklich Räuberei! Das ist Scheiße in den Augen! Also diese Weißhäute, sie behandeln uns wie Spaten, oder was!"

„Spaten? Das wäre gut! Hunde, Urwaldtiere!"

„Ja, sie nehmen sich das Recht zu machen, was sie wollen ..."

„Ja, aber in unserem Land führen sie sich auf wie die Gurus. Sie haben viele Steine, sie gehen mit unseren jungen Chicas aus und sie bluffen auf uns. So ist es!"

„Was sicher ist, ist, dass das enden muss, das muss ein gutes Ende finden!"

„Es wird eines Tages zu Ende sein! Sie wissen noch nichts von uns, und übrigens haben wir Schlimmeres gesehen!"

„Was, wenn man uns wegwirft, wir werden sehen ..."

Ich hatte ihnen aufmerksam zugehört, wie sie über das Verhalten der Politiker unseres Landes herzogen, die sie allesamt als unverantwortlich, reaktionär und nutzlos bezeichneten; unfähig unsere Probleme, ohne die Weißen zu lösen, wenn man die Schwierigkeiten betrachtete, die in Folge der Krise auftraten. Nach dem Tot des ersten Präsidenten, Felix Houphouet Boigny, wurde sein verfassungsmäßiger Nachfolger, der N'Zuéba genannt wurde (so nannte er sich in seinem Buch), durch einen Militärputsch am 24. Dezember 1999 von der Macht vertrieben. Er ist Präsident der PDCI (Demokratische Partei der Elfenbeinküste), der ehemaligen Einheitspartei. Was Koudou betrifft, so ist das der Vorname des jetzigen Amtsinhabers. Und ADO sind die Initialen des Vorsitzenden der Oppositionspartei: die RDR (Vereinigung der Republikaner). Der junge Mann Soro, um den es ging, ist der Chef der Rebellen, die den gescheiterten Umsturz planten. Ein Unterfangen, dass sie (Sixco und Magah) als verwegen bezeichneten und dass sie verurteilten.

Diese schwere Kritik an den Politikern fiel unterschiedlich aus. N'Zuéba und seiner Entourage wurde vorgeworfen, eine Schwäche für den Alkohol zu haben, während sie die Getreuen von Koudou als Faulenzer und Heilsversprecher bezeichneten.

Das erörterte Problem bezüglich ADO war das seiner, wie man sagt, zweifelhaften ivorischen Herkunft. Diese war mehrmals Thema von Diskussionen und Debatten, in denen die PDCI beschuldigt wurde, ihn erst groß gemacht zu haben, vor allem, weil er schon einige Jahre vor dem Tod des Präsidenten zum Ministerpräsidenten ernannte wurde. Das ist zweifellos der Grund, warum einer von den beiden behauptet hatte, dass diese Politiker alles Freunde wären, dass alle am selben Tisch säßen.

Diese sozialen Unruhen haben zahlreiche junge Leute zur Auswanderung und ins Exil nach Europa, nach Deutschland getrieben. Sixco und Magah empörten sich darüber. Schlimmer noch, die harte Realität des Goundas hatte zur Folge, dass sie sich vergaßen und sich zuletzt über die Anwesenheit der Franzosen in unserem Land ereiferten; diese wurden als versteckte Unruhestifter beschimpft. Man erzählte sich, dass der geheime Grund des Umsturzversuches darin lag, dass der neue Präsident bestimmte vertragliche und wirtschaftliche Vereinbarungen mit den Franzosen verweigerte, zum Beispiel den Bau einer Brücke. Diese Information kam von Magah und hatte den Ärger von Sixco verschlimmert, der sich dann aufs Neue über das Gebaren von N'Zuéba, dem vorherigen Präsidenten, gegenüber den Franzosen aufgeregt hatte. Denn er hatte ihnen zufolge nicht versucht, das Land aus der wirtschaftlichen Abhängigkeit zu führen, was der erste Präsident oft gefordert hatte.

Sie hatten eine Verbindung mit der Kolonialisierung geknüpft; sie wunderten sich über das Verhalten beider Seiten, nannten das der Franzosen diktatorisch. Sie seien wie Diebe, die sich am Besitz Dritter bereichern. Wieder einmal hatten sie sich über die Franzosen aufgeregt, da sie sie für ihr Exil nach Europa, ihrem Schicksal in den Asylbewerberheimen verantwortlich machten. Sie waren vor Zorn ganz enttäuscht geworden, behaupteten, dass man uns für Idioten, für Urwaldtiere hielt. Verglichen damit fanden sie, dass die betuchten Weißen in unserem Land sehr bequem lebten, da sie sich alles erlaubten, da unsere jungen Mädchen sich von ihnen verführen lassen. Weil sie die Proteste und Anklagen gegen die Franzosen unterstützten, waren sie der Überzeugung, dass das Ende ganz nah sei. Das Ende der wirtschaftlichen Abhängigkeit.

II

Nichts als Missgeschicke mit den Frauen!

Gewaltiger Hunger zwang mich, in einem Mc Donalds Zuflucht zu suchen. Ich kam von einem ausführlichen Spaziergang zurück, voller Verzweiflung über das armselige Leben als Stubenhocker, der übrigens nur das Recht hat, sich in einem genau bestimmten Bereich unseres Landkreises aufzuhalten. Wie üblich ein bisschen besorgt aß ich, ganz ausgehungert, einen Burger und saß dabei vor einem der Bildschirme, die an der Wand des Restaurants angebracht waren. Ich schaute genüsslich die laufenden amerikanischen Videoclips an, als eine Frau mit einem Tablett mit Pommes frites an einem der freien Tische vor mir Platz nahm. Sie war mittelgroß und hatte einen schönen Körper. Das alles hatte mich ein wenig überrascht. Ich schaute mich ein weiteres Mal um. Ja, es gab fast keine freien Plätze mehr. Ich schluckte schnell herunter und sagte ihr „Guten Tag". Mit drei einzelnen Pommes auf der kleinen Plastikgabel hielt sie kurz inne, zwang sich zu einem Lächeln und antwortete mir mit heiterer Stimme. Das Interesse, das sie meiner Person schenkte, überraschte mich ein weiteres Mal. Die Befragung, der sie mich unterzog, war dennoch freundlich und ich ließ mich von ihrer Sympathie mitreißen.

Unsere Freundschaft war sehr schnell besiegelt. Weshalb, weiß ich nicht. Vielleicht lag es an dem Vertrauen, das ich ihr, so kann ich sagen, einflößte. Ich hatte Zeit, da ich gerade viel gegessen hatte. Darüber hinaus sträubte ich mich wie immer dagegen, ins Asylbewerberheim zurückzukehren, an diesen höllischen Ort ohne wirkliches Leben, wie ich finde. Als ob wir vom selben Ziel angezogen waren, vielleicht sogar vom selben Vorhaben, hatten Isabella und ich instinktiv denselben Weg eingeschlagen. Eigentlich war ich es, der sie begleitete, ohne es zu bemerken. Die Situation war derart, dass mir nichts anderes übrig blieb, als ihr zu folgen, da sie so viel erzählte. Und ich, ich musste ihr zuhören. Oder besser ich wollte es, ich war ja nicht gezwungen. Sie erzählte mir von Schwarzen, die sie gekannt hatte. Sie erzählte mir von einem, mit dem sie eine Zeit lang zusammen war. Er war auch ein Goundaman. Das nutzte ich aus, um ihr von meinem Status zu erzählen, dass sie es wieder mit einem Bewohner des Goundas zu tun hatte. Ich hatte es gesagt, einfach so, als ob es mir am Arsch vorbei ginge, wie einer, der keine Angst mehr hatte vor dem schlechten Schicksal, das ihn noch erwarten konnte. Sie schien nicht sonderlich überrascht, als ob es normal wäre. Das hatte mich ein bisschen schockiert, obwohl mich die unglückseligen Klischees über uns langweilten.

Wir schlenderten bald durch die weitläufigen Passagen der Einkaufsstraßen der Stadt, als ich die Idee hatte, mich von ihr zu verabschieden. Nicht dass ich mich von ihrem Verhalten gedemütigt gefühlt hätte, aber ich hatte entschieden, ihr ein besseres Bild von mir zu geben. Ich hatte an Erfahrung gewonnen, das muss man so sagen. Ich glaube, dass meine Reaktion einen gewissen Effekt zeigte. Ich hatte das Gefühl, dass sie sich noch länger meine Begleitung gewünscht hatte. Wir waren soeben stehen geblieben: „Ich heiße Isabella. Du kannst mich anrufen, wenn du willst? Hier, meine Telefonnummer", sagte sie mir mit ernster Stimme. Sie hob ihren Kopf, blickte mich durchdringend an, wartete. Ich antwortete ihr sofort, um ihr zu zeigen, dass ich es tun würde. Ich schaute ihr mit einem gezwungenen, aber keineswegs linkischen Lächeln hinterher. Das gefiel ihr sehr, wenn man dem Strahlen glauben schenken durfte, das ich plötzlich auf ihrem Gesicht bemerkte.

Drei Monate nach unserem ersten Treffen zog ich bei Isabella ein, auf ihre Anfrage hin. Ich hatte das Gounda verlassen. Eltern- und kinderlos arbeitete sie als Angestellte in einer Wurstfabrik. Ihr nicht allzu großes Appartement blitzte vor Sauberkeit. Das dritte Zimmer, winzig wie es war, diente als Abstellraum.

Ich erkannte schnell, wie wichtig Isabella die Ordnung war, die in ihrem Appartement herrschen musste. Zwei Wochen lang mühte sie sich ab, mir die Art und Weise nahezubringen, wie ich ihre verschiedenen Putzutensilien zu benutzen hatte. Diese Schulung rief mir die ersten Momente nach meiner Ankunft in diesem industrialisierten Land in Erinnerung. Ihre Beharrlichkeit sagte viel darüber aus. Manchmal fragte ich mich, ob sie vergessen hatte, dass ich schon einige Zeit in diesem Land verbracht hatte und dass es Dinge gab, die jeder Idiot ohne größere Anstrengungen und gedankliche Arbeit erledigen konnte; es sei denn, ein Goundaman ist noch weniger als ein Idiot. Ich merkte sehr schnell, dass ich das alles lächerlich fand. Aber hatte ich eine Wahl? Außer der, wieder an diesen, für uns, die Goundamen, so stressigen und unmenschlichen Ort zurückzukehren.

Dieser Vorsatz meinerseits war für unser gemeinsames Zusammenleben sehr wichtig. Grando hatte mir einmal, bei einem unserer Gespräche, eine bei ihnen sehr populäre Lebensweisheit nahegebracht: „In einer Freundschaft zweier Menschen muss der eine mehr ertragen als der andere." Damals hatte ich dem noch nicht so richtig zugestimmt. Mit Isabella hatte ich den wahren Kern dieses Sprichwortes erkannt. Ich hatte durch Erfahrung dazugelernt. „Jeder hat seine Fehler", hatte Grando damals noch hinzugefügt. „Vergiss nicht, dass der andere dich auch ertragen muss, Freddy!", hatte er insistiert. Das ist wahr. Aber ich wusste nicht, wie ich die Launen dieser jungen Frau bewerten sollte. Mir schien es, dass die Sprache der privilegierten Kommunikation für Isabella das Barometer meiner Intelligenz darstellte. Meine Inkompetenz bezüglich verschiedener Subjekte, die einer nur ungefähren Kenntnis der deutschen Sprache geschuldet war, war der Anlass für ihre diesbezüglichen Vorstellungen. Und dass, obwohl sie keine andere Sprache sprach, als die ihre. Nur einige englische Sätze! Dass sie kein Französisch sprach, erfüllte sie, ganz im Gegenteil, sogar mit großem Stolz. Ich hatte den Eindruck, dass Isabella sehr häufig die Regeln einer Konversation vergaß. Grando war es, der mich darauf aufmerksam machte. Im Laufe einer Plauderei fragte sie sich niemals, ob mich das Thema interessierte, oder ob meine Kultur und mein Wissen es mir überhaupt ermöglichten über das jeweilige Thema zu sprechen; von meinen sprachlichen Fähigkeiten ganz zu schweigen! Die Tatsache, über gewisse Dinge nicht wie sie sprechen zu können, woran immer es auch liegen mochte, war für sie gleichbedeutend mit Dummheit. Isabella ertrug weder Äußerungen noch Einwände meinerseits. Ein Irrtum von mir wurde immer wie ein Beweis für die intellektuelle Zurückgebliebenheit betrachtet, die als Grund diente für die Rückständigkeit Afrikas, meiner Rasse: den Schwarzen. Die ihre hingegen wird, falls sie nicht in Schutz genommen wird, niemals erörtert. Das ist einfach nicht nötig. Isabella glaubt, alles besser zu kennen als ich, sogar den afrikanischen Kontinent, sogar meine Geburtsstadt, obwohl sie niemals in Afrika war: weder in Ägypten, Tunesien, Marokko, noch in Südafrika, wo Leute wie sie, zumindest die meisten, als Touristen hinfahren, wenn sie die Neugierde oder die Lust verspüren, unseren Kontinent zu sehen. Was mich überrascht hatte, war, dass sie weder in Berlin gewesen war, noch im Süden ihres Landes. Eine weitere Sache war, dass sie mich niemals für fähig hielt, Eigeninitiative oder persönliche Interessen zu haben. Diese wurden immer abfällig verworfen, immer abgewiesen. Früher noch bemerkte ich, dass Isabella es entsetzlich fand, positive Beschreibungen oder Überzeugungen von Afrika zu hören: „Wenn es gut ist in Afrika, warum bist du dann hier?", hatte sie mir erklärt. Darüber hinaus wunderte sie sich in größtem Maße, wenn meine Vorlieben nicht zu dem gewöhnlichen Klischee passen wollten. „Du überraschst mich! Du tanzt nicht gerne, du, ein Afrikaner?", meinte sie eines Tages, nachdem ich eine Einladung zu einer von Afrikanern organisierten Tanzveranstaltung abgelehnt hatte. Höflich hatte ich sie dann meinerseits gefragt, ob alle Menschen in ihrer Heimat sympathisch wären. Selbstverständlich wusste sie, was ich damit sagen wollte, ich hatte es deutlich genug gemacht. Das hatte ich natürlich teuer zahlen müssen, ich hatte einige Tage bei Magah im Asylbewerberheim verbringen müssen, bis sich die Lage wieder etwas beruhigt hatte. Seitdem herrschte ein Misstrauen zwischen uns. Die Atmosphäre in unserer wilden Ehe hatte sich ein bisschen getrübt. Die Angst breitete sich wieder in mir aus. Und ich fragte mich, warum sie es so gewünscht hatte, dass wir zusammenlebten.

Da ich versuchte, gut mit ihr auszukommen, begann ich, mehr über dieses Thema nachzudenken. Ich beschloss sodann, eine angenehmere Atmosphäre zwischen uns zu schaffen, indem ich mich dazu bereit erklärte, ihren Launen schnell und widerspruchslos nachzukommen. Das Ergebnis ließ nichts zu wünschen übrig, das frühere Verständnis entstand wieder, unser Zusammenleben wurde wieder angenehm!

Ich fand einen Brief, den Isabella auf den Tisch gelegt hatte. Er kam aus Afrika. Das bemerkte ich, nachdem ich die Anzahl, wie auch die Farbe, der Briefmarken gesehen hatte, die nebeneinander auf dem Umschlag geklebt waren. Es war von Manou, einer meiner Freunde aus der Heimat. Ich öffnete den Brief und las ihn.

„Freddy, mein lieber Bro,

du hattest mir nicht ins Ohr geflüstert, dass du nach Europa stiegst, aber das ist nicht schlimm! Das ist auch gut. Es gibt so viele Teufel um uns herum. Das hat mir massiv getaugt, als mir deine Mutter davon chattete. Glaube mir, ich war enjoy für dich. Und was dreht los dort? Wie fühlst du dich? Sicher sicher, drücke dir das Herz. Sei steif, schlag dich gut durch! Du bist doch ein Kämpfer, nicht wahr? Ansonsten hast du es ja selbst im Kopf, dass es in Adjouffou nichts Großartiges zu machen gibt. Es gibt keine Jobu. Überall schlägt nur das Leck. Häng dich gut an dein Herz, mein lieber Bro, es wird alles gut nach vorne gehen!

Na, erzähl mir von deiner lieben weißen Chica! Hast du noch keine geangelt? Verhalte dich gut ihr gegenüber, hm ... Du hast einen Jobu, oder nicht? Ich bitte dich darum, deinen armen Bruderfreund nicht zu vergessen. Du hast doch sicher Kleinigkeiten, kleine Ocken im Beutel, nicht wahr? Könntest du mir ein bisschen nach vorne schieben, ohne Schande. Es donnert sehr auf mich! Wenn du etwas übrig hast, bitte ich dich, ein wenig davon auf mich zu werfen, damit ich mich hier achkrachen kann, ein kleines Ding zu unternehmen, um ein bisschen

Steine zu taschen. Ah, das ist Chica Lala, die
dich särsen sagt, du sollst auf sie klicken.

Na schön, das Wichtigste ist, dass hier kein
Scheißdampf vor sich geht. Es ist nur die Pen-
nerei, die auf uns donnert. Ja, das ist es. Du
kennst es sehr gut.

Gut, halte dich an dein Herz, mein Bruder-
freund Freddy!

Deine rechte Hand, Manou"

Ich habe mich beim Lesen dieses kurzen
Briefs beinahe aufgeregt. Aber meine Gedanken
hatten mich sogleich in mein Geburtsland fort-
gezogen und für einen kurzen aber intensiven
Moment spürte ich die Gegenwart Manous. Ich
konnte ihn verstehen: mit mir in Kontakt zu tre-
ten, um damit unter Umständen von einer fi-
nanziellen Hilfe zu profitieren. Wenn ich daran
dachte, beunruhigte mich der Gedanke an eine
gerichtliche Aufforderung zur Rückführung.

Manou äußerte in seinem Brief eine gewisse
Unzufriedenheit, da ich ihn nicht von meiner
Abreise nach Europa unterrichtet hatte. Er erhielt diese Information von meiner Mutter. Aber
er schrieb zugleich, dass er nicht sauer auf mich
sei, dass er meine Haltung wegen der Tratsch-
tanten, wegen der indiskreten Leute, wie er zu
sagen pflegte, verstand. Er erwähnte mehrmals
die schwierige Lage der Menschen, in der sie
seit langer Zeit lebten, erwähnte, dass die jungen Leute flüchten wie ich; der klaffende

Mangel an Arbeit: die Arbeitslosigkeit. Und er beglückwünschte mich zu meiner gelungenen Flucht. Darüber hinaus ermahnte mich Manou allen Problemen, auf die ich treffen könnte, zu widerstehen, wie ein Kämpfer im Krieg. Was mich schmunzeln ließ, war, dass er mich fragte, ob ich eine weiße Freundin und Arbeit gefunden habe. Geschickt bat er mich, ihn nicht zu vergessen, ihm Geld zu schicken, indem er mich daran erinnerte, dass er verarmt sei und mich an seine erbärmliche Bedürftigkeit erinnerte. Ich wusste es, ich befand mich auch in dieser manchmal extremen Armut, die uns immer wieder in Versuchung führte, alle möglichen Abenteuer zu unternehmen. Er bat mich darum, nicht zu zögern und ihm Geld zu schicken, auch wenn es nur eine unbedeutende Summe sei, damit ich ihm helfen könne, eine lukrative Tätigkeit in die Wege zu leiten. Das war gut gedacht! Was mich ebenfalls schmunzeln ließ, war, dass er mir Grüße eines jungen Mädchen ausrichtete, von Lala, in die ich lange Zeit verliebt war, leider vergeblich; zu der ich schon lange Zeit vor meiner Abfahrt keinen Kontakt mehr hatte. Darüber hinaus gab es außer dem herrschenden Chaos, wie er geschrieben hatte, keine betrüblichen Neuigkeiten.

Seine sympathischen Aufmunterungen regten mich zum Nachdenken an. Und ich wurde mir über die unerbittliche Lage klar, in der ich mich befand: Unbedingt etwas verdienen zu müssen in diesem, wie meine Freunde es sehen, Eldorado Europa.

Heute Morgen hatte ich einen Brief vom Migrationsbüro bekommen. Es war ein Brief, dessen Inhalt mir nicht gefiel. „Habe ich etwas Wichtiges nicht verstanden? Nein, ich glaube nicht", hatte ich mich gefragt. Ich wollte keine Hilfe von Isabella. Ich wollte mir keine Gedanken machen. Der Gedanke, dass sie mir etwas Schlimmes sagen würde, der Gedanke, dass unsere Freundschaft, oder zumindest unser Zusammenleben, das wieder, wenn auch immer noch fragil, besser geworden war, auseinanderbrechen könnte. Nur aus Erfahrung, vielleicht auch aus Stolz, hatte ich keinerlei Lust verspürt, dass sie mir den Inhalt des Briefes genauer erklären würde.

Ich hatte nochmals für zwei Monate eine Aufenthaltsgenehmigung erhalten, da sie an diesem Tag abgelaufen war. Ich war in diesem Amt für Asylangelegenheiten. Ich ließ die Beamtin wissen, dass mein Aufenthalt verlängert werden musste. Wie immer stellte sie mir, scheinbar überrascht, die gleiche Frage.

„Sie sind wieder gekommen?"

„Ja", antwortete ich schroff und stolz.

„Was wollen Sie noch?"

„Mein Aufenthalt, mein Aufenthalt … Verlängerung meines Aufenthalts. Heute … letzter Tag!"

„Heute?“

„Ja, heute.“

„Schön, geben Sie mir bitte Ihre Karte.“

Ich gab sie ihr. Sie warf einen Blick hinein, seufzte dann.

„Gut, Sie müssen Ihren Ausweis vorbeibringen, Ihren Ausweis! Wo ist Ihr Ausweis?“, schrie sie.

Ich hatte fast gelacht, es war aber nicht der Moment dafür.

„Welchen Ausweis?“, fragte ich sie.

„Welchen Ausweis? Ihren Ausweis, natürlich!“

„Keinen Ausweis!“

„Keinen Ausweis? Wie sind Sie hierhergekommen?“

„Ausweis … verloren, ja, vor langer Zeit schon.“

„Verloren?“

„Ja, verloren.“

„Nein, er ging nicht verloren. Gehen Sie ihn suchen, Zuhause! Dort ist er, Zuhause!“

„Keinen Ausweis Zuhause!“

„Doch, suchen Sie intensiv, überall. Ihr Ausweis ist da!“

„Keinen Ausweis, gute Frau …“

Sie schien dieser fruchtlosen Diskussion schon müde zu sein. Sie holte meine Akte hervor, runzelte die Stirn. Sie öffnete meine Karte, schrieb etwas hinein. Ungefähr eine halbe Minute später hörte ich einen Stempel.

„Ihren Ausweis, das nächste Mal, ja. Auf Wiedersehen!"

Ich nahm meine Karte und schaute ihr dabei fortwährend in die Augen.

„Auf Wiedersehen, gute Frau …"

Ich konnte es nicht abwarten, nachzusehen, was sie in meine Karte eingefügt hatte. Kaum hatte ich das Gebäude verlassen, las ich es eilig nach. Ich war empört: Ich hatte nur zwei Wochen bekommen! Ich erinnerte mich zugleich an meinen Anwalt: „Das ist das Prozedere …"

„Mano, was dreht los? Musst´ nun gucken, dass du deine Chica ringst? Du hast immerhin eine gute Chica!", sagte mir Magah in einem fröhlichen Ton.

Ich war gerade in seinem Asylbewerberheim. Ich war dorthin gekommen, um ihn über die zwei Wochen Aufenthalt zu informieren, die ich gerade bekommen hatte und wir sprachen über Heirat, da ich mit Isabella zusammenlebte. Er war neidisch auf mich. Er war neidisch, weil ich eine deutsche Freundin hatte, eine sehr gute, seiner Meinung nach. Und er fragte sich, warum wir nicht ans Heiraten dachten. Das Thema Heirat war in der Tat gestern der Anlass einer Diskussion zwischen Isabella und mir gewesen, nachdem ich ihr von meinem Termin mit der Beamtin im Amt für Migrationsangelegenheiten erzählt hatte. Sie betrachtete die Sache mit einem anderen Auge als ich, da sie glaubte, ich hätte die Chance, in ihrem Land Asyl zu bekommen. Isabella ließ mich wissen, dass sie an den Erfolg meiner gerichtlichen Schritte, an die baldigen Unternehmungen meines Anwalts glaubte. „Man muss das Ergebnis von alledem abwarten", hatte sie mir unverblümt geraten. Ich erzählte Magah davon.

„Siehst du, sie enjoy sich nicht, wenn ich von solchen Sachen chatte!", sagte ich ihm.

„Wie das? Hat sie dich im Herz, oder nicht?"

„Ja, aber ... sie enjoy sich nicht, was soll ich machen?"

„Na ja? Geht's nur um Schmusen?"

„Ah, ganz genau, das ist es!"

„Wie solls das sein? Wie kannst du mit ihr Schmusen, wenn es auf dich donnert? Wie?"

„Sie sagt, ich soll meine gerichtlichen Schritte abwarten, auch die meines Anwalts; all das halt, oder was?"

„Wie denn? Sie liebt scheiße Laken, hm!"

„Gerade lege ich meinen Kopf drauf."

„Leg mal deinen Kopf gut drauf! Weil ... wenn du nämlich ins Schlamassel gerätst, bist du es, den die Grün wegwirft; ist es doch in deinen Kopf gefallen?"

„Ich weiß. Manchmal muss man sanften können, weißt du? Das ist mein Kunde ..."

„Du bist auch ihr Kunde, vergiss das nicht, mein Bro. Sie ist eine Geimpfte, Mann."

„Das ist wahr, Magah! Du willst mir damit

68

sagen, dass sie mich blöden will?"

„Ah, ah, du hast doch Laken von den Ge-impften? Sie nehmen sich die Schwarzen, als wäre nichts passiert ..."

„Jemanden zu nehmen, als wäre nichts passiert", bedeutet in unserem Slang, ihn nicht so wichtig zu nehmen. Unsere Unterhaltung war weitergegangen, aber ich dachte intensiv über seine Äußerungen nach. Magah war gegenüber Isabella sehr kritisch gewesen. Er fragte sich, warum sie zögerte, meinem Heiratsantrag zuzustimmen, um sich stattdessen hinter die zukünftigen Ergebnisse meiner juristischen Schritte zu flüchten. Er war von der Liebe Isabellas mir gegenüber nicht überzeugt; zumindest hatte er sich über die Beweggründe dieser jungen Frau gewundert, indem er mich auf die Erfahrung hinwies, die sie schon mit Schwarzen hatte. Das bedeutet das Wort „geimpft": jemand mit Erfahrung. Was für eine schöne Metapher!

Seine Kritik verhallte bei mir nicht ungehört. Ich hatte ihm klar gemacht, dass ich über diese Situation nachdachte. Damit war er einverstanden und er unterstrich nochmals, dass das auf jeden Fall eine Überlegung wert ist. Denn, so hatte er mich gewarnt, im Falle eines Misserfolgs wäre ich es, der ausgewiesen würde. Diese Aussage machte mich traurig. Ich musste in diesem Moment an Abelo denken. Auf diese Ermahnung hin hatte ich ihm geantwortet, dass man in gewissen Umständen mit Vorsicht und ohne Hast handeln müsse. Ich hatte sogar angeführt, dass ich sie besser kenne, wie ein Verkäufer, der seine Kunden gut kennt. Aber er hatte dasselbe Argument benutzt, um mich zu überzeugen: Auch Isabella würde ihre Kunden kennen. Dieses Argument hatte mich aus dem Gleichgewicht gebracht. Sofort hatte ich versucht, die wahren Absichten dieser jungen Frau zu hinterfragen, hatte mich gefragt, was sich hinter ihren Vorschlägen verstecken könnte. Angesichts der Kritik von Magah kam ich mir naiv vor. Ich schämte mich ein bisschen. Plötzlich musste ich an die kurze Zeit denken, die ich mit Claudia erlebt hatte.

Einige Meter vom Haus entfernt erkannte ich in Isabellas Wohnung ein blendendes Licht. Kerzen dienten als Dekoration. Ich hatte keine Ahnung, was an diesem Tag sein sollte. Um ehrlich zu sein, hatte ich es vergessen; ich hatte es nicht in Erinnerung behalten; ich hatte es nicht für so wichtig gehalten. Freitagabend kam ich von einem Spaziergang durch die Stadt zurück, bei dem ich die Bekanntschaft einer jungen frankophonen und schwarzen Frau machte. Unsere offizielle Amtssprache, die in unseren Herkunftsländern dieselbe ist, war dabei sehr hilfreich, so hilfreich, dass wir uns auf der Stelle vertraut vorkamen und keine Komplexe zeigten. Sie hieß Marie.

Als ich die Tür öffnete, sah ich Isabella,

ängstlich, bleich auf dem Sofa sitzend. Sie hatte sich etwas abgewendet. Ich dachte nochmals über das mögliche Ereignis dieses Tages nach. Sie zog eine Schnute und schaute mich wütend an. Ich hatte den Eindruck, dass sie etwas suchte, dass sie etwas von mir erwartete. Die Atmosphäre war angespannt, sie war mir unerträglich geworden. Mit zitternder Stimme fragte ich sie stotternd:

„Was gibt's denn, mein Schatz?"

„Was es gibt?", erwiderte sie wütend.

„Ja, was ist denn passiert?"

„Was passiert ist, Freddy? Was passiert ist? Du weißt es nicht? Du weißt nicht, dass dein Schatz heute, ja heute, Geburtstag hat?"

„Dein Geburtstag, heute?"

„Ja, heute. Ich habe es dir gesagt!"

„Ich musste … Ich habs vergessen. Ich habe mich im Datum getäuscht, zweifellos, im … Monat."

Ich musste einen Vorwand finden.

„Du machst dich über mich lustig, oder nicht?"

„Nein, nein, Isabella."

„Wann dachtest du denn, dass er sei?"

„In … zwei Monaten."

„In zwei Monaten, in zwei Monaten ..."

„Ja. Und du wolltest deinen Geburtstag auf diese Art und Weise feiern? Ganz alleine? Ohne jegliche Freundin, keine einzige Einladung?"

Sie ließ ihren wütenden Blick auf mir ruhen.

„Ich habe dir gesagt, dass ich dieses Jahr nichts Großartiges machen würde; nur mit dir zusammen, du und ich."

„Nun gut, warum hast du mich nicht vor einigen Tagen daran erinnert?"

„Ich dachte, dass du mir eine Überraschung machen würdest …"

„Ah, ich verstehe. Es tut mir leid. Gut, wir werden etwas unternehmen!"

„Du bist müde, ich sehe es, Freddy."

„Nein, ich bin nicht müde. Heute ist dein Geburtstag!"

„Was möchtest du denn machen?"

„Ähm, wir werden etwas essen, in einem Restaurant und dann … gehen wir ins Kino, oder?"

Isabella sagte nichts. Sie schlug ihre Beine übereinander, zündete sich eine Zigarette an, nahm einen Zug und stieß einen langen Seufzer aus. Ich wusste, dass ich einen Punkt verloren hatte.

Ich bekam es wieder mit der Angst zu tun, als ich am Ende meiner Aufenthaltsgenehmigung einen Brief von meinem Anwalt bekam, der mich über die Ergebnisse der Untersuchung informierte. Ihnen gemäß konnte keine der Informationen, die ich gegeben hatte, bestätigt werden. Man ließ mich wissen, dass es notwendig wäre, noch weitere Beweise zu liefern, die man notfalls telefonisch durchgeben könne. Ich stellte mir die Frage, welche das nur sein könnten. Unablässig befragte ich mich, welche Auskunft ich noch liefern könnte. Ich hatte es eilig. Mit klopfendem Herzen ging ich zu meinem Anwalt, aber ich musste einen kühlen Kopf bewahren.

„Herr Alfred Manfey", sagte er und machte dann eine Pause, „in dem Brief steht, dass die Informationen, die Sie angegeben haben, in Ihrem Land nicht bestätigt werden konnten."

„Äh … ich verstehe nicht."

„Ja, Sie können es nicht verstehen, warum es unmöglich war zu bestätigen, was Sie gesagt haben."

„Aber … äh …"

„Sie müssen daher andere vorbringen."

„Welche?"

„Könnten Sie die Namen einiger Ihrer Bekannten nennen, anhand derer die Untersuchung erfolgen könnte?"

„Meine Bekannten?"

„Ja. Einige derjenigen, mit denen Sie die Untergruppe Ihrer Partei dirigiert haben?"

„Hm, ich weiß nicht mal, ob sie noch dort sind, da sie verschwunden sind."

„Warum denn?"

„Sie wurden auch verfolgt …"

„Wo sind sie hin?"

„Ich hab keine Ahnung."

„Sie sind hier, in Deutschland, nicht wahr?"

„Nein, das kann ich mir überhaupt nicht vorstellen. Ich weiß nicht mal, ob sie es überhaupt bis nach Europa geschafft haben. Ich glaube nicht."

„Sie scheinen sich dahingehend sehr sicher zu sein."

„Ja, das bin ich."

„Und warum?"

„Weil ich der Chef der Untergruppe war … und weil ich Glück hatte."

„Glück?", wiederholte er und nickte.

„Ja, Glück."

„Wo sind diejenigen, die Ihnen geholfen haben, hierherzukommen?"

„Ich weiß es nicht, das habe ich Ihnen schon gesagt."

„Ich weiß, Herr Manfey", sagte er und deutete dabei ein Lächeln an, „ich dachte, dass Sie Ihre Wohltäter wiedergefunden haben? Oder umgekehrt …"

„Nein."

So hatte ich dann meinen Anwalt verlassen, verwirrt und konfus. Die Angst war übermächtig geworden; die Angst, von einem Tag auf den anderen, aus diesem Land ausgewiesen zu werden.

Abends, bei Isabella, war ich überrascht, dass sie wissen wollte, wie mein Treffen mit meinem Anwalt verlaufen sei. Ich erzählte ihr alles detailgetreu. Sie schien, das Ausmaß meiner Probleme nicht zu verstehen; sie versuchte, mich zu trösten, mich moralisch zu unterstützen. Ich ergriff die Möglichkeit, um ihr noch-

74

mals eine Heirat vorzuschlagen.

„Und wenn wir heiraten würden?"

„Heiraten?", sagte sie überrascht.

„Ja … Du weißt, Isabella, das könnte sonst schlimm für mich enden, sehr schlimm!"

„Schlimm? Das glaube ich nicht."

„Du glaubst es nicht? Ich habe dir schon erzählt, was ich mit der Polizei erlebt habe, oder nicht?"

„Ja. Aber lass uns die Ergebnisse von alldem abwarten."

„Nein, Isabella. Sie werden versuchen mich auszuweisen, wie immer. Sie werden es machen!"

„Vielleicht. Aber lass uns abwarten!"

„Willst du mich weggehen sehen, Isabella?"

„Nein, Freddy. Wie du weißt, heiratet man bei uns nicht einfach so."

„Bei euch. Aber ich bin kein Deutscher."

„Das weiß ich."

„Bei uns heiratet man auch nicht einfach so."

„Aber warum möchtest du dann, dass es so ablaufen soll, warum?"

Nach dieser Frage war ich ihrer überdrüssig. Ich hatte keine Lust mehr, diese Diskussion fortzuführen, stattdessen wollte ich gehen, sie verlassen, zurückgehen ins Gounda; das wäre sicher besser, sagte ich mir innerlich. Die bedrückende Stille, die in diesem Moment eintrat, zeigte ihr, was mich quälte. Sie sagte mir:

„Okay, okay, wir werden heiraten. Glaubst

du, dass wir es hier machen können?"

„Ja", sagte ich ihr, ohne Überzeugung.

„Sehr gut!", sagte sie in einem fröhlichen Ton.

Ich saß da, wie gelähmt, ganz still. Sie kam zu mir, nahm meine Hand, wie man die Hand eines Kindes nimmt, und umarmte mich.

Zum ersten Mal traute ich mich Magah zum Essen einzuladen, zu Isabella, dahin, wo ich verweilte. Sie war nicht da. Natürlich konnte ich ihm die positive Reaktion meiner Partnerin nicht verschweigen. Er freute sich für mich.

„*Das ist geil king, mein lieber Bro!*", sagte er außer sich vor Glück.

„*Jawohl!*", antwortete ich zugleich.

„*Du wirst ringen, das ist sehr schön! Wie du weißt, wollen uns die Grüner nur aus ihrem Land werfen. Sie haben nichts anderes im Gehirn. Jeden Tag drehen sie nur den Kopf drauf, was sie machen müssen, damit es anhängt ...*"

„*Ja, aber sie haben uns nicht im Herz.*"

„*Schön und gut, aber was sollen wir machen?*"

„*Sag mal, mein Bro, sieh zu, dass du eine weiße Chica angelst, oder nicht? Du musst nur die Geschwindigkeit heruntersetzen. So ist es!*"

„*Ja, Freddy. Du kennst sie genau, diese jungen weißen Chicas. Sie haben solche Gebärden, du weißt es. Für nichts scheißen sie auf dich! Außerdem habe ich eine kennengelernt, aber ...*"

Sie meinte, dass sie die Asylbewerber nicht im Herz hat."

„Verdammt noch mal! Man könnte meinen, wir hätten in die Kirche geschissen!"

„Ah, sogar die 'guten Blackys', sie brechen auch ihnen den Hals. Sie haben einfach nichts mit uns zu tun, so läufts nun mal!"

„Und die alten Mütter?"

„Ah Freddy! Du verhältst dich, als ob du die raue Wirklichkeit nicht kennen würdest."

„Manchmal kann es anhängen, mein lieber Bro, oder nicht?"

„Ich weiß. Aber da gibt es die alten Mütter, die nur mit uns juckeln wollen. Wenn du darüber hinaus von Ring chattest, dann bespucken sie dich. Das ist die Wirklichkeit!"

„Ja, das ist wahr."

„Ah! Du ... weißt es und chattest doch, als ob du nichts wüsstest."

Wie ich es erwartete, hatte sich Magah über Isabellas Entscheidung hinsichtlich unserer Heirat gefreut, wobei er zugleich das Verhalten der weißen Polizisten anprangerte, die unablässig auf der Suche nach unseren Papieren sind, um uns dahin auszuweisen, wo wir herkommen. Ich hatte ihm deswegen geraten, ebenso wie ich zu handeln. Ich glaube, das hatte ihn ein wenig empört, denn er hatte mich gefragt, ob ich meine Erfahrungen mit den jungen Mädchen vergessen hatte; die Erfahrungen, die die Goundamen durchmachen. Er erzählte mir außerdem, dass er unlängst ein junges weißes Mädchen kennengelernt hatte, die ihm klar gemacht hatte, dass sie die Vorstellung, eine Liebesbeziehung mit einem Asylbewerber zu beginnen, aus ihrem Kopf verbannt hatte.

Das führte dazu, uns über das Schicksal der Menschen unseres Volkes, Fragen zu stellen. Wir fragten uns, ob wir uns an den jungen Mädchen versündigt hatten, dass wir eine solche Missachtung ertragen mussten: Das meint der sinnbildliche Ausdruck „in die Kirche scheißen", den wir in unserem Slang dafür benutzen. Ich fragte ihn daraufhin, ob er sich nicht für ältere Frauen interessiere: „Die alten Mütter", da man in unserer Kultur viel Respekt für das Alter haben muss. Das fand er komisch und er fragte mich, ob ich nur so täte, die raue Wirklichkeit nicht zu kennen, das heißt, die Wirklichkeit, mit der wir konfrontiert wurden. Ich antwortete ihm trocken, indem ich ihn darauf hinwies, dass das durchaus möglich sei. Das sah er ein, aber er spielte auch auf die Einstellung einiger Frauen an, die nur auf Sex aus sind. Das ist die Realität im Gounda, wie ich selbst zugeben musste.

Es war Winter. Es war zehn Grad kalt. Wir saßen am Tisch, Isabella und ich. Wir aßen ein Gericht, das ich mühsam gekocht hatte. Es war so kalt, dass die Heizung nicht zu funktionieren schien. Ich betrachtete sie, wie sie ruhig aß, wie sie die kleinen Bissen, die sie jedes Mal zu sich nahm, behutsam kaute. Sie war in Gedanken versunken. Sie sah nicht glücklich aus, nicht normal. Immer wieder warf sie mir verstohlene Blicke zu, versuchte dann, gute Miene zum bösen Spiel zu machen. Schließlich räusperte sie sich, sah mich an und sagte:

„Freddy, ich hatte einen Albtraum."

„Einen Albtraum?", fragte ich sie verblüfft.

„Nicht nur heute."

„Seit wann?"

„Seit drei Tagen und heute auch."

„Und … um was geht es darin?"

Isabella zögerte mit der Antwort auf meine Frage. Sorgfältig legte sie die Gabel auf den Teller.

„Freddy, die Heirat, das macht keinen Sinn", sagte sie mit zitternder Stimme.

Ich musste mich beherrschen. Tief im Inneren zitterte ich auch. Meine Augen röteten sich auf der Stelle.

„Warum?", fragte ich sie.

„In meinen Träumen … haben wir … uns scheiden lassen."

„Aber es ist nur ein Traum!"

„Ja, Freddy. Aber drei Mal, dieselbe Sache?"

„Träume, passiert nicht manchmal das Gegenteil?"

„Manchmal ja. Aber manchmal ist es auch ein Zeichen, das ankündigt, was passieren wird."

„Und nun?"

„Nun ja, es macht keinen Sinn. Ich habs dir schon gesagt, Freddy. Du hast es schon verstanden."

III

Nur schlechte Nachrichten

Vor drei Tagen kehrte ich in mein Goundauniversum zurück. Glücklicherweise hatte mir Isabella zwei Wochen gewährt, um meinen Auszug vorzubereiten. Da ich keine Lust hatte, an diesen Ort zurückzukehren, hatte ich mich auf die Suche nach einem freien Zimmer gemacht, einer Einzimmerwohnung. Nach mehreren Versuchen realisierte ich, dass das nur eine Utopie war. Die unmissverständlichen Absagen: Ich hatte genug davon erhalten, was an meiner kurzen Aufenthaltsgenehmigung lag.

Ich fühlte mich jetzt wie ein „totes Zicklein", was nichts anderes bedeutet, als jemand, der ratlos ist, der bereit ist, jedes Schicksal zu ertragen: ein Hoffnungsloser. Ich hatte die Schnauze voll von dem Müßiggang, ich lebte von Essensmarken, die man uns gab, damit wir uns mit Lebensmitteln verpflegen konnten und von den zwanzig Euro, einer Art Taschengeld. Ich war wieder ein wirklicher Goundaman geworden.

Die Zeit, die mir gewährt worden war, ging auf das Ende zu und ich fragte mich, ob ich eines Tages von einer langen Aufenthaltsgenehmigung profitieren würde. Davon träumte ich; ich dachte unablässig daran, täglich, aber ich wusste ganz genau, dass das eine Illusion war. Magah hatte mich auf seine Art ebenfalls gewarnt: „*Wenn du glaubst, dass man dir noch sechs Monate taschen, dann lügst du!*" Das war eine Warnung für mich, nicht vergeblichen Träumen hinterherzulaufen, meine Illusionen fallen zu lassen. Ich hatte an diesem Ausspruch nicht gezweifelt; aus Erfahrung hatte ich nichts erwidert. Jeden Tag bestand meine Aufgabe darin, mir Szenarien einer möglichen Flucht auszumalen. Das einzige Ziel lag darin, das Ziel festzulegen. Es mangelte mir nur an den Mitteln für eine derartige Unternehmung. Für einige Momente kam mir sogar die Idee, zurück in die Heimat zu gehen. Ich war am Rande eines Zusammenbruchs.

Grando hatte von meiner unglücklichen Beziehung zu Isabella gehört. Nach einem kurzen Telefonat lud er mich zu sich ein. Ich war ein wenig perplex, weil er sich bemühte, seine gute Laune zu verbergen, um an meinem Gefühlszustand Anteil zu nehmen. Wir sprachen auch über andere Themen.

„Das ist schade für dich, Freddy. Ah ja, man muss sich auf alles gefasst machen, nicht wahr?

Sie …"

„Die Polizei ist mir auf den Fersen …"

„Das ist … verständlich, da sie von dem, was du vorgebracht hast, nicht überzeugt ist. Was ich sagen will, ist, dass die Europäer im Allgemeinen, was die Auswanderung der Afrikaner betrifft, nicht mehr so offen sind."

„Hm, ich weiß nicht, wie ich aus dieser Situation rauskommen soll. Ich bin schon einige Zeit Asylbewerber; nichts hat sich verändert, als ob ich gerade angekommen wäre. Außer, dass ich das Land ein bisschen kenne."

„Ja. Das ist ein Abenteuer, das man ernst nehmen muss. Man muss sich der Geschwindigkeit der Dinge anpassen. Denn, wenn man deine Papiere findet, die beweisen, wo du herkommst, weisen sie dich aus. Aber solange sie keinerlei Beweise haben, bist du hier; ohne wirklich hier zu sein. Und die Jahre vergehen, und man wird älter! Ja, so ist es!"

„Wenn ich wenigstens über eine … gute Frau gestolpert wäre!"

„Ja, wenn. Man muss sehen, welchen Vorteil sie davon hat."

„Vorteil?"

„Ja, Vorteil. Es ist nicht zwangsläufig ein direkter …"

„Von was sprichst du, Grando? Ich dachte, es hielte sich um eine Frage der Liebe?"

„Ja, normalerweise, aber man kann daraus gewissermaßen einen Vorteil ziehen. Auf jeden

Fall gibt es auf Seiten der Afrikaner auch die Frage des Vorteils. Und wie du weißt, denkt man an den immer zuerst."

„Du denkst also, dass sie nichts zu gewinnen haben mit uns, uns, den Asylbewerbern?"

„Das habe ich nicht gesagt. Weißt du, du hast begonnen, vom Problem der Liebe zu reden; wenn es so ist, scheint es schwierig zu sein, an die Liebe der Asylbewerber zu … glauben und du weißt genau, warum!"

„Ja, das sagen sie uns, wenn wir ihnen nahekommen."

„Siehst du? Zum Glück wollen einige wirklich mit uns zusammenleben!"

„Ja, mit euch. Mit euch, die ihr kein Asyl beantragt habt; mit euch, die zum Studieren gekommen sind."

„Oh nein, nein. Nicht nur mit denen, die zum Studieren gekommen sind. Mit uns allen, uns Afrikanern."

„Ja, aber … aber mit euch anderen ist es oftmals anders."

„Da hast du recht, man behandelt uns im Allgemeinen anders. Ich denke, das ist … logisch, da sie eure Situation sehr kompliziert finden. Sie müssen manchmal sehr standhaft sein."

„Wenn wir schon dabei sind, du hast mir noch nicht erzählt, warum du dich von deiner Frau, deiner ersten Frau, hast scheiden lassen?"

„Sie war es, die wollte, dass wir heiraten; sie wollte es, weil ich große Lust hatte, nach Hause zurückzukehren. Ich sah darin keinen Nachteil, da wir uns sehr gut verstanden. Darüber hinaus sagte sie mir, dass sie sich vorstellen könnte, mit mir in meiner Heimat zusammenzuleben. Das fand ich großartig!"

„Ja, wahrlich."

„Aber unglücklicherweise änderte sie ihre Meinung. Sie war sehr jung; sie hat sich wohl von ihren Freunden beeinflussen lassen. Der Druck ihres sozialen Umfelds wurde unerträglich für sie. Sie ging daran kaputt …"

„Wie das?"

„Na ja! Was willst du, Freddy? Ich habe sie verstanden. Es ist übrigens ihre Entscheidung."

„Du, Grando, du verstehst alle, alle Situationen. Das ist demokratisch!"

„Das ich nicht lache, Freddy. Vergiss nicht, was ich dir jetzt sage. Hier herrscht eine andere Mentalität; eine andere Art und Weise, die Dinge zu beurteilen und die Wirklichkeit zu begreifen: die Freiheit, wie auch die Individualität, der Individualismus!"

„Ein Individualismus …"

„Ja, Freddy, ich sehe, worauf du anspielst. Das hat auch seine schlechten Seiten. Das leugne ich nicht. Aber er macht es möglich, auf sich selbst zu zählen und dafür zu arbeiten, seine Ziele zu erreichen; zu erreichen, was man selber will."

„Das ist wahr! Deine Frau, die mit der du hier lebst, sie ist Deutsche, nicht wahr?"

„Ja. Ich habe nichts gegen die Deutschen. Ganz im Gegenteil. Wie kannst du etwas gegen deine Gastgeber haben? Meine erste Frau ist gegangen, zum Glück ist eine andere da. Das ist das Leben!"

„Was kannst du mir für Ratschläge geben, Grando?"

„Ratschläge?"

Er ließ seinen Blick auf mir ruhen. Ich wiederholte meine Frage.

„Was kannst du mir für Ratschläge geben?"

„Lass die Enttäuschung nicht Oberhand gewinnen. Das würde nichts lösen. Vielleicht nimmt deine Sache vor dem Gericht letztlich einen glücklichen Ausgang …"

„Bist du da sicher?"

„Nein, Freddy, das ist nur eine Mutmaßung. Aber man muss den Teufel ja nicht an die Wand malen, oder?"

Eine Stille breitete sich plötzlich zwischen uns aus, so als ob sie ein Zeichen sein sollte, mit diesem Geschwätz aufzuhören. Er zuckte mit den Schultern.

„Ja, ja, ja, so ist das hier mit unserem Leben, für uns alle. Und alles wegen denen, die uns dazu drängen, aus unserem Land zu fliehen, die uns zwingen, hier zu bleiben, gegen unseren Wunsch. Ja, mein lieber Freund, so ist es", sagte er.

„Okay Grando, du bist also wegen ihnen nach dem Studium, nicht nach Hause zurückgekehrt?"

„Hm, Freddy. Es ist nicht so, dass man nicht zurückkehren möchte. Afrika ist unsere Heimat. Aber die Welt hat sich verändert, die Welt ist in Bewegung, sie bewegt sich immer weiter. In Afrika bewegt sich nichts, nicht wirklich. Es verweigert jede Bewegung, weil die Menschen sich gegenseitig daran hindern."

„Ich verstehe nicht, Grando."

„Es ist einfach nur fehlender Patriotismus, der hinderlich ist; das heißt, die Liebe für sein eigenes Land und das Bewusstsein, mit dem die Leute, die hier leben, die Gesellschaft aufblühen lassen. Es wäre es wert, alles besser zu organisieren! Und nicht diese soziale Unordnung, wo Nichtsnutze die Chefs sind, wo Leistung keinen Wert hat. Die Angst, die sie davor haben, in einer Ordnung zu leben, in einer organisierten Gesellschaft …"

„Die Angst?"

„Natürlich, Freddy, die Angst! Das ist der Grund für Korruption, Veruntreuung. Die Herrschaft der Straffreiheit! Du weißt ja, Freddy, ich habe einen Landsmann, der nach seinem Studium hier zurückgekehrt ist. Aber du wirst es nicht glauben, er bedauert es. Und warum? Weil er nichts machen kann. Er kann nicht umsetzen, was er hier gelernt hat, überhaupt nicht!"

„Warum nicht?"

„Warum nicht? Na ja, weil es keine Infrastruktur gibt, kein Material. Nichts! Er kann sich nicht selbst verwirklichen."

„Vielleicht hat das Land nicht die nötigen Mittel …"

„Mein lieber Freddy, wann werden wir jemals die Mittel haben? Übrigens, wenn man die Mittel nicht hat, dann versucht man ernsthaft, sie zu erwerben. Und was noch schlimmer ist, ist die Arbeitsorganisation. Das ist es, was so weh tut. Er hat mir gesagt, dass die Leute sich ernsthaft weigern, es besser zu machen, sich zu entwickeln, glaube mir!"

„Das sehe ich ein, wenn man unsere Art und Weise zu arbeiten mit der der Weißen hier vergleicht: die Pünktlichkeit, die leidenschaftliche Freude an der Arbeit …"

„Schön gesagt! Ja, die leidenschaftliche Freude! Das ist es, was wir brauchen, wir, die neue Generation. Alles in allem geht es damit bergauf, oder nicht? Das muss ich dir nicht erzählen. Du musst nur aus dem Fenster schauen, um es zu sehen … Das ist das Resultat der leidenschaftlichen Freude an der Arbeit, das ist alles: die positive Leidenschaft!"

„Die positive Leidenschaft", wiederholte ich flüsternd.

Grandos Worte hatten mich ein wenig gekränkt. Um ganz ehrlich zu sein, fiel es mir schwer, seine Meinung zu ertragen, obwohl sie sehr überzeugend schien. Ich musste weiterfragen, um meine Sorgen zu zerstreuen. Unsere Unterhaltung ging weiter.

„Schau nur mal, wenn eine Bande von Regierenden an die Macht kommt; ihre einzige Sorge liegt darin, bei der Weltbank Schulden aufzunehmen, beim IMF, etc., um die Beamten zu bezahlen und den Rest unter sich aufzuteilen. Ich weiß, dass ich ein bisschen übertreibe. Nichts hat sich entwickelt, nichts Bindendes, nichts wurde bis zum Ende durchgeführt …“

„Da sagst du die Wahrheit! Aber sag mir, Grando, viele von denen haben doch hier studiert wie du? Sie haben gesehen, wie die Dinge vor sich gehen …“

„Sehr guter Einwand, mein Freund! Ich habe Bücher über die Rückständigkeit Afrikas gelesen, das sind ernstzunehmende Dokumente mit zahlreichen Verweisen, die mit einer gewissen Stringenz den jämmerlichen Zustand unseres armen Kontinents beschreiben, oder besser, von unserem verarmten Afrika; die Prognosen für die kommenden Jahre sind sehr düster … wenn man nicht beginnt, die Dinge ernsthaft in die Hand zu nehmen.“

„Dann hatte ich also nicht unrecht … zu fliehen?“

„Ich weiß es nicht. Wäre alles in Ordnung, wäre ich schon wieder in der Heimat!“

Ich nickte leicht, um ihm meine Zustimmung zu signalisieren. Grando hatte mich überzeugt, auf der ganzen Linie.

„Also gut, Grando, wie kann unser Afrika gerettet werden?“

„Wir müssen auf neue Weise darüber nachdenken und die Entwicklung der Welt berücksichtigen, das ist meine Meinung."

„Ah, ich frage mich häufig, ob wir Ingenieure, Architekten, Ärzte haben; ich meine intelligente Menschen, Gelehrte?"

„Gute Frage! Mal unter uns, Freddy, brauchen sie in ihrem Afrika überhaupt solche Menschen? Ansonsten gibt es afrikanische Koryphäen, Gelehrte."

„Wie? Heißt das also, dass es euch hier sehr gut geht?"

„Hm, man braucht uns hier auch nicht."

„Ah ja?"

„Leider nicht. Wenn man jemanden für eine ernsthafte Sache braucht, ruft man nach ihm!"

„Grando, manchmal höre ich, wie sie davon sprechen, dass sie euch brauchen, Diplomierte wie dich."

„Ich auch. Aber das ist leeres Geschwätz!"

„Warum?"

„Pass auf, wenn man jemanden aufruft zurückzukommen, heißt das eigentlich, dass man bereit ist, ihn aufzunehmen. Man bittet keinen zu kommen, um einen Teil ihrer Arbeiten zu erledigen, und welche könnten das überhaupt sein? Weil sie dann das Risiko eingehen, ihre Vorteile zu verlieren. Sie reden von der Abwanderung der Intellektuellen, obwohl sie in Wirklichkeit nicht bereit sind, sie zurückzuholen, sie aufzunehmen. Es gibt keine ernsthaften politischen Anstrengungen, die es ihnen ermöglichen würden, ihre Arbeit zu machen. Und zumeist ist das keine Frage der Mittel. In Afrika … demütigt man die Gelehrten, man erstickt die zarten Pflänzchen, man opfert die Sprösslinge und man legt den Kritikern einen Maulkorb um. Das ist die Antwort auf deine Frage!"

„Das ist traurig."

„Auf jeden Fall, in Afrika ist es immer traurig. Jeder flieht vor der Traurigkeit, der Ungewissheit, mit allen Mitteln, und der Preis ist …"

„Das ist wahr, Grando!"

„Um ehrlich zu sein, viele, die ihr Studium hier in Europa beenden, wünschen sich von ganzem Herzen zurückzukehren, aber ... das Problem liegt wieder in der Politik, man hindert diejenigen, die eine Veränderung herbeiführen wollen mit albernen und schmutzigen Vorwänden."

„Du machst mir Angst, Grando!"

„Hab keine Angst, mein Freund! Wenn es dir gelungen ist, in diesem Land ein Bein auf den Boden zu bekommen, Freddy, dann schlag dich so gut wie du kannst durch. Schlag dich durch, aber gib dich keinen Schwelgereien hin. Das wäre noch schlimmer, schlimmer als deine derzeitige Situation. Deine Zukunft liegt immer vor dir. Du hast nicht alles verloren."

„Danke für deine Ratschläge, Grando."

„Das ist nicht der Rede wert! Vergiss vor allem nicht: Mir scheint, dass die Mehrheit unserer Anführer große Träumer sind … die friedlich darauf warten, dass die anderen Präsidenten, die Weißen, kommen, um ihre Länder auf Vordermann zu bringen."

„Ich glaube dir, Grando."

„Ich frage mich manchmal, ob sie wissen, dass die Entwicklung kein Zufall ist, auf den man trifft!"

„Da hast du nicht unrecht!"

„Kein Erfolg ist die Frucht eines Zufalls, Freddy. Sie wissen es nur noch nicht …"

„Ich stimme dir zu, Grando. Nochmals vielen Dank!

„Keine Ursache!"

Zwei Dinge waren mir aus dem Gespräch mit Grando vor allem in Erinnerung geblieben: Die positive Leidenschaft und die Missachtung der Gelehrten: Die Tatsache, dass Afrika keine Ausgewanderten mit Diplomen braucht, keine Intellektuellen, die im Ausland ausgebildet wurden. Das hatte mich zutiefst aufgewühlt. Nachts in meinem kleinen, alten Bett hatte ich mir intellektuelle Aufgaben gestellt. Ich hatte lange Stunden nachgedacht. Ein Mischmasch der Äußerungen von Grando und Magah brachte mich schließlich dazu, eine Rückkehr in mein Heimatland in Betracht zu ziehen.

Die folgenden Tage beobachtete ich in der Straßenbahn das Verhalten der jungen Weißen, der Schüler und Schülerinnen. Glück, Stolz, Heiterkeit strahlten in ihren Gesichtern, sogar auf jenen der Ruhigeren. Manchmal quatschten sie, manchmal kreischten sie in voller Lautstärke, diskutierten fröhlich, sprachen in ihrer Sprache miteinander, zwanglos, leicht, natürlich. Im Gegensatz zu ihnen, die anderen, die wenigen Afrikaner, mit angespannten Gesichtern, die alle besorgt zu sein schienen. Die zehn Minuten, die ich in der Straßenbahn war, machten mir wie so oft deutlich, dass es schön ist, auf sein Land stolz sein zu können, wie ich es im Verhalten der jungen Weißen beobachten konnte. Eine gut strukturierte Stadt, die Ampeln werden respektiert, wenn es auch nur für zwei Meter ist; nur in seltenen Fällen gibt es junge Menschen, die, immer in Eile, die Ausnahme sind, die die Regel bestätigt. Die Straßen sind gesäumt mit Fuß- und roten Fahrradwegen. An den meisten Straßenbahnhaltestellen zeigt eine automatische Fahrstandsanzeige exakt die Ankunft der kommenden Bahnen an. Die Häuser schimmern vor Sauberkeit. Fast überall gibt es Mülleimer und Zigarettenautomaten. An den Straßen gibt es Geschäfte aller Art, eins nach dem anderen. Nichts wird ohne Quittung gekauft, selbst der kleinste Artikel. In dieser mittelgroßen Stadt ist überall was los. Die Ordnung, die Ruhe herrscht über allem, kein betäubender Lärm. Ich war verbittert und Verstand ein weiteres Mal, warum ich den Eindruck habe, dass man mich für einen Primitiven hält, wenn ich durch die Straßen gehe, bequem im Zug, in der Straßenbahn sitze, für einen Primitiven, der sich in ihrem Land entwickelt, dank ihnen.

Ich hörte einen Stempel auf meiner Karte. Ich hatte gerade meinen Aufenthalt verlängern lassen. Dieses Mal bekam ich nur eine Woche. Das war wie ein Schlag ins Gesicht. Einige Tage später bekam ich im Asylbewerberheim, in dem ich wohnte, Besuch von Magah. Er hatte eine schlechte Nachricht.

„Mein lieber Bro, was dreht los?", fragte ich ihn, als ich ihn kommen sah.

„Es stinkt nach Schlamassel!"

„Schlamassel? Was ist passiert?"

„Sixco ist in Afrika!"

„Sixco? Warum?"

„Sie haben seine Rückkehr erledigt, mein Bro, glaube mir!"

„Wie das?"

„Die Grün hat ihn am Bahnhof gestoppt, seinen ganzen Körper untersucht, und sie haben in seiner Brieftasche auf ein Papier gedrückt."

„Was für ein Papier?"

„Ein Handelsregister!"

„Wann?"

„Vorgestern, und sie haben ihn morgens um vier Uhr gesperrt."

„Ah ja?"

„Wenn ichs dir doch sage! Sie haben eine Schande auf ihn geworfen. Das kann nicht sein!"

„Aber, aber, aber ..."

„So ist es. Also müssen wir jetzt links und rechts richtig schauen ..."

„Sie scheißen nur Demütigung auf uns, diese Grüner!"

„Freddy, das, das ist mehr als eine Demütigung! Das kocht mein Blut tierisch."

„Ja und nun, er muss dort doch unter Laken sein?"

„Ja! Ah, mein Bruderfreund aller Tage!"

„Das tötet mein Herz, Magah."

„Meines auch. Ah, ob die Menschen in Adjouffou wissen, wie die Dinge auf uns blitzen. Und auf welcher Bühne wir hier spielen, hm. Man füllt ihre Ohren oft damit, aber ..."

„Ja, sie chatten nur über Steine mit uns: Western Union!"

„Kühl dein Herz ab! Ich werde ihnen mit meinen Spüren winken ..."

Wir saßen uns gegenüber. Es war, als ob wir in einen Spiegel schauten, wir waren beide bestürzt über Sixcos Ausweisung. Dieser war anlässlich einer routinemäßigen Kontrolle am Bahnhof angehalten worden, und die Polizisten hatten dann in seiner Brieftasche ein Handelsregister entdeckt. Am darauffolgenden Tag stürmte die Polizei morgens um vier sein Zimmer. Sie hatten mit diesem Dokument, das seinen Namen trug, zweifellos einen Passierschein von unserem Botschafter bekommen. Außer über die Ausweisung von Sixco, hatten wir uns über die

Vorstellungen der Menschen in unserem Land aufgeregt, die Europa, trotz all der Gerüchte über die Lage der Ausgewanderten, noch immer als das Eldorado betrachten, die um nichts in der Welt an die Schicksalsschläge bei diesem Abenteuer glauben wollen. Immer mit der Bitte auf den Lippen, ihnen Geld zu schicken, mit Western Union, der internationalen Agentur für Geldüberweisungen. Magah hatte sogleich entschieden, den Kontakt mit ihnen abzubrechen, mit denen er sich oft am Telefon unterhielt. Er hatte mein Mitgefühl.

Auf die Einladung von Marie hin, der jungen, schwarzen und frankophonen Frau, ging ich in die Kirche, um der Sonntagsmesse beizuwohnen. Ich hatte sie in der vorigen Woche wieder getroffen und wir hatten lange miteinander geredet. Ich hatte ihr von meinen Problemen erzählt: der Polizei, meinem Liebeskummer. Sie hatte mir geraten, mein Leben in Gottes Hände zu legen.

„Weißt du, ich hatte früher das gleiche Problem wie du. Ich war auch im Asyl. Man hatte mich aufgefordert, Deutschland zu verlassen. Das wollte ich nicht. Zum Glück gehörte ich dieser religiösen Konfession an. Die Verantwortlichen haben mir geraten, nach Afrika, nach Hause zurückzukehren. Das war hart!"

„Und, bist du gegangen?"

„Ja. Sie haben mich beruhigt und meinten,

dass sie alles dafür tun würden, dass ich wiederkomme."

„Und, haben sie es gemacht?"

„Ja. Ich hatte ihnen gesagt, dass ich meine Eltern im Krieg verloren hatte."

„Wirklich? Das tut mir leid!"

„Ja. Ich weiß nicht, ob sie noch leben …"

„Wie das? Hast du nicht versucht, sie wieder zu finden?"

„Ich hatte nach meiner Rückkehr nicht die Möglichkeiten dazu. Es ist hart in Afrika, nicht wahr. Deshalb rate ich auch dir, dein Leben in Jesus Hände zu geben. Man muss viel beten."

„Das mache ich."

„In der Kirche?"

„Nein, wenn ich alleine bin."

„Das ist gut, aber es ist besser, in die Kirche zu gehen. Gott hat für jeden von uns einen guten Plan."

„Hm, aber wenn es heiß wird …"

„Was willst du damit sagen?"

„Die Polizei kennt das alles nicht, oder? Wenn sie die Möglichkeit hat, uns auszuweisen, tut sie es. Ohne Rücksicht! Vor nicht allzu langer Zeit wurde ein Landsmann von mir zurückgeführt. Ich kann dir sagen, dass geht mir immer noch nahe."

„Ich verstehe. Du musst viel beten, während du hier bist. Hast du keine Lust, dich unserer Kirche anzuschließen?"

„Wir werden sehen, Marie."

„Hm, man muss gut darüber nachdenken! Du solltest nicht auf den letzten Drücker kommen, sonst wird man nichts mehr für dich machen können."

„Ich werde darüber nachdenken."

„Es kostet dich nichts, in die Kirche zu gehen, die Worte desjenigen zu hören, der für uns gestorben ist. Man muss an Jesus glauben. Er hat in meinem Leben viel für mich getan. Das ist wunderbar. Der Herr ist wunderbar, Freddy!"

In Gedanken unterzog ich die Ratschläge von Marie einer kritischen Untersuchung. Ich musste mich einfach nur in ihre Lage versetzen, um sie zu verstehen. Die Jahre, die ich in diesem industrialisierten Land verbracht hatte, schärften meinen kritischen Geist. Ich verglich das Verhalten der Menschen in diesem Land und in unserem. Es gab einen Unterschied. Hier ist man weit davon entfernt einfach so zu glauben, ohne Eigennutz. Ich verstand sie und sagte mir: „Marie hatte Glück". Ich kam zu dem Schluss, dass man realistisch bleiben musste: Ich würde niemals von der gleichen Gelegenheit profitieren können.

An einem Nachmittag spazierte ich durch eine in der Innenstadt organisierte Kirmes. Eine junge Frau, die einen etwa dreijährigen Jungen an der Hand hielt, lächelte mich an. Es war ein ehrliches Lächeln. Ein Lächeln, das ich gut kannte: Es war nicht gekünstelt. Wir befanden uns vor einem Orchester, das Salsa spielte. Ich näherte mich ihr; sie grüßte mich.

„Hallo", sagte sie mit dem Anflug eines Lächelns.

„Hallo", erwiderte ich sofort.

Lächelnd musterte sie mich eingehend. Ich spürte, dass sie Lust hatte, mit mir zu sprechen, mit mir zu quatschen, meine Bekanntschaft zu machen. Ich musste den ersten Schritt machen.

„Sie spielen sehr gut, nicht wahr?", sagte ich.

„Ja, sehr gut. Mögen Sie Salsa?", fragte sie mich.

„Ja. Dieser Typ, er singt auch wirklich gut!"

„Das ist wahr."

„Sind Sie … alleine hier?"

„Nein, ich bin nicht allein hier", sagte sie, während sie mir direkt in die Augen sah. „Ich bin mit meinem Sohn."

„Oh, Entschuldigung! Ich habe ihn gesehen, doch …"

„Nichts für ungut! Er heißt Lucas."

„Sehr schön! Und Sie? Ich, ich heiße Freddy."

„Mein Name ist Olga. Können wir uns duzen?"

„Natürlich! Ich bin erfreut, dich kennenzulernen, Olga."

„Ganz meinerseits! Bist du schon lange hier?"

„Nein, ich bin gerade gekommen."

„Äh … nein. Ich meine … in Deutschland?"

„Ja, ja, schon einige Jahre."

„Nur einige Jahre? Wie viele?"

„Seit vier, fünf Jahren."

„Oh! Du sprichst gut Deutsch!"

„Nein, nein, nicht gut."

„Doch, doch, dein Deutsch ist sehr gut."

„Findest du?"

„Ja. Weißt du, wir unterhalten uns ohne Probleme."

„Uff, ich kann mich … gerade so unterhalten."

Wir hatten uns so freundschaftlich unterhalten, dass es schwerfiel, uns zu trennen. Es war spät. Lucas gähnte vor Müdigkeit.

„Lucas ist müde. Ihr müsst nach Hause."

„Das ist wahr, Freddy. Äh …"

Ich verstand. Das Auseinandergehen, nicht zu vergleichen mit dem Isabellas, war immer schwierig. Ich traute mich, ihr zu sagen, was mir im Kopf rumschwirrte.

„Ich kann euch begleiten. Ich habe Zeit", sagte ich schulterzuckend.

„Wirklich? Gehen wir also! Es dauert etwa eine Viertelstunde."

„Uff, das ist nicht weit!"

„Los geht's, Lucas, ab nach Hause!", sagte sie zu ihrem Sohn.

Wir nahmen den Bus. Wir kamen tatsächlich fünfzehn Minuten später an. Olga und ihr Sohn wohnten im Erdgeschoss des Hauses. Sie hatte eine Dreizimmerwohnung.

„Da sind wir, hier wohnen wir!", sagte sie leicht missmutig. „Trinken wir noch einen Kaffee? Oder möchtest du ein Bier?"

„Ein Bier. Bei dir, das ist nicht schlecht!"

„Oh, Freddy! Hier ist nicht viel Platz. Ein Zimmer für Lucas, eines für mich, ein kleines Wohnzimmer … Ein wenig Unordnung. Ja, mit Kindern ist es nicht leicht, die Wohnung in Ordnung zu halten."

„Ja, ich weiß. Aber es ist schön bequem hier!"

„Wirklich?"

„Ja, alles ist schön dekoriert und … gemütlich."

„Gemütlich? Ist es bei dir nicht gemütlich?"

„Nein, überhaupt nicht. Ich wohne in einem Asylbewerberheim."

Ich hatte es einfach so gesagt, ohne sie darauf vorzubereiten. Olga kniff die Augen zusammen, aber sie machte den Eindruck wie jemand, der Asylbewerbern gegenüber gleichgültig ist, ganz im Gegenteil zu jenen, die sie am liebsten nicht in ihrem Land hätten.

„In einem Asylbewerberheim? Ah ja, ich habe gehört, dass es dort nicht gerade schön sein soll, oder nicht?"

„Oh, es geht, es geht noch. Wir kümmern uns nur nicht darum."

„Und du bist schon seit fünf Jahren da?"

„Äh … ja."

„Oh? Das tut mir leid für dich. Gut …"

„Ich bin nicht der Einzige …“

„Ich weiß, dass es viele sind; viele leben dort. Und ich weiß, dass es auch andere gibt, nicht nur Afrikaner.“

„So ist es!“

Ich wollte nicht mehr über dieses Thema sprechen und fragte deshalb nach Lucas Vater.

„Und … der Vater deines Sohnes, ist er auf Reisen?“

„Nein, wie ich dir sagte, lebe ich alleine mit Lucas.“

„Nein, eigentlich stelle ich mir die Frage, wo er in diesem Moment ist? Warum lebst du allein mit Lucas?“

„Hast du Angst?“, fragte sie lachend.

Ich musste mitlachen.

„Nein, ich habe keine Angst.“

„Wenn du es unbedingt wissen willst … Lucas Vater konnte nicht mit mir zusammenleben. Er ist gegangen. Wenn ich es ihm erlaube, kommt er hierher.“

„Wenn du es ihm erlaubst?“

„Ja. Wir verstehen uns nicht mehr, also …“

„Seid ihr noch verheiratet?“

„Nein, wir waren noch nie verheiratet. Es kam nur ein Kind, einfach so. Er hat geglaubt, dass ich das geplant hätte, um ihn an mich zu binden, dass ich ihm ein Kind anhängen wollte. Tja, die Männer!“

„Äh, ich habe schon bemerkt, dass die deutschen Männer das Kindermachen nicht mögen.

Und ich habe mitgekriegt, dass immer weniger Babys geboren werden."

„Du bist gut informiert! Aber er ist kein Deutscher. Er ist Türke; seine Mutter ist Jugoslawin."

„Ah ja? Es sind immer die Männer, die keine Kinder zeugen wollen."

„Die Frauen auch, sicher. In Afrika ist es das Gegenteil, nicht wahr?"

„Auf jeden Fall! Es gibt immer zahlreiche Kinder in den Familien."

„Also, wie viele Geschwister hast du?"

„Zehn."

„Zehn? Sieh an!"

Ich sagte, dass ich zehn hätte, aber in Wirklichkeit hatte ich noch mehr, viel mehr.

„Sag mir doch, warum hast du Lucas nicht deiner Mutter anvertraut."

„Nein, Freddy, meine Eltern arbeiten noch. Sie sind noch nicht in Rente; aber sie haben nur noch wenige Jahre. Ich habe nur eine Schwester, sie ist verheiratet. Sie wohnt im Süden, mit ihrem Mann. Hier ist ein Foto von ihr! Und überhaupt würde ich in diesem Alter nicht mehr mit meiner Mutter zusammenleben. Das haut nicht hin! Ich kann für mich alleine sorgen. Zum Glück wird Lucas ab dem nächsten Jahr in den Kindergarten gehen."

„Ah, das ist nicht schlecht!"

„Und wenn es klappt, werde ich ein bisschen arbeiten, Teilzeit."

„Das ist sehr gut!"

Sie hatte soeben das Essen für ihren Sohn zubereitet; sie setzte ihn in seinen kleinen Stuhl und begann, ihn zu füttern, wobei sie Grimassen schnitt, mit ihm sprach und nickte. Sie war eine gute Mutter.

„Ich werde euch alleine lassen", sagte ich.

„Aber, Freddy, du störst uns nicht."

„Äh … Okay, dann bleibe ich noch ein bisschen."

Ich blieb noch eine Stunde. Lucas war eingeschlafen, sie hatte ihn ins Bett gebracht. Olga hatte mir von ihrer Familie erzählt und als sie fertig war, fragte sie mich:

„Freddy, kann ich dir eine Frage stellen?"

„Ja, frag, was immer du willst!"

„Warum beantragst du Asyl?"

„Warum? Das ist wirklich schwer zu erklären …"

„Wie?"

„Ich bin vor der Polizei geflohen, weil ich zu denen gehörte, die eine Demonstration gegen unsere Regierung veranstaltet hatten."

„Gegen was habt ihr demonstriert?"

„Gegen alles, alles!"

„Du warst also in der Politik?"

„Nein, es ging um soziale Dinge."

„Soziale Dinge? Ich versteh dich nicht."

„Uff, wir wollten, dass unsere Regierung mehr an diejenigen denkt, die nichts haben. Das ist sozial, oder nicht?"

„Ja, ich verstehe."

„Das Soziale … wie bei euch hier."

„Es ging also nicht um den Krieg?"

„Nein."

„Es war kein Krieg?"

„Nein, es hätte beinahe einen gegeben, aber nein!"

„Was heißt, beinahe?"

„Ein Staatsstreich!"

„Ein Staatsstreich, aha? Ein Staatsstreich löst aber Krieg aus …"

„Das ist möglich …"

„Warum bist du nach Deutschland gekommen, hierher?"

„Das war Zufall."

„Und gefällt es dir hier?"

„Ja, es ist gut hier. Aber die Menschen leben hier für sich alleine, hm."

„Wirst du nach Afrika zurückgehen?"

„Ich weiß es nicht, Olga. Ich weiß das nicht. Es hängt davon ab."

„Von was?"

„Uff, wenn ich mich noch besser fühle."

Sie brach in Lachen aus. Zehn Minuten später wollte ich gehen. Sie hatte nichts dagegen.

„Wenn du möchtest, Freddy, kannst du mich mal wieder besuchen. Hier meine Festnetznummer, wenn ich nicht da bin, hinterlasse bitte eine Nachricht. Lucas hat leider mein Handy kaputt gemacht."

„Danke, ich ruf dich morgen an."

„Das würde mich freuen."

„Versprochen!"

„Ja, ich glaube dir."

„Ich wünsche dir … eine schöne Nacht."

„Dir auch."

Sie gab mir die Hand.

„Auf Wiedersehen!", sagte sie mir.

Leise zog sie die Tür ihres Appartements zu und schloss ab.

Sie war sehr glücklich, als ich sie am nächsten Tag anrief. Wir quatschten lange miteinander, was zwar etwas teuer für mich war, mich aber nicht weiter störte. Sie machte mir ein Geständnis: „Freddy, du bist ein sehr interessanter Mensch!", und begann dann zu lachen. Mit dem Hörer am Ohr stellte ich mir vor, wie sie gerade lachte, kokett aber nicht gekünstelt wie ich sie tags zuvor kennenlernte. Ich fragte sie, ob es Lucas gut gehe, was sie ein wenig überraschte; sie wollte den Grund wissen. Ich antwortete: „Bei uns erkundigt man sich immer, wie es den Familienangehörigen geht." Sie prustete los und gab zu, dass das ein schöner Brauch unserer Kultur sei. Das machte mich stolz. Nachdem sie mich gefragt hatte, was ich den Tag über gemacht habe, trat plötzlich Stille ein. Diese Frage war mir etwas unangenehm. Ich sagte ihr, dass ich wegen eines kleinen Jobs – als Straßenkehrer –, ein Vorstellungsgespräch gehabt hätte. Dieses Gespräch hatte ich aber in der vorigen

Woche, bevor ich ihre Bekanntschaft machte. Magah nennt so was „*einen guten Bluff*", was nichts anderes bedeutet als einen guten oder nützlichen Vorwand; es ist noch keine Lüge, denn Lüge heißt Lüge in unserem Slang. Sie wollte natürlich wissen, wie das Ergebnis lautete. Das Ergebnis lautete, dass man mich anrufen würde, wenn sie mich brauchen. „Das sagen sie immer, wenn sie einen nicht wollen", erwiderte sie spontan. Ich reagierte sofort auf ihre Behauptung. Ich erzählte ihr, dass ich mich auch noch ein Bewerbungsgespräch für irgendeine Stelle in einer Küche und eins in einer Schweinezucht hatte. Olga lobte meine Courage, meine Hartnäckigkeit, meine Haltung in dieser Angelegenheit.

Für einige Sekunden trat Stille ein; man konnte weder ihre noch meine Stimme hören. Wir wollten beide dasselbe fragen und waren doch wie erstarrt. Ich wusste, dass sie Lust hatte, mich wieder zu sehen. Und auch ich spürte ein großes Verlangen, wieder bei ihr zu sein. Ich machte den ersten Schritt. „Was machst du heute Abend?", fragte ich sie mit dem gleichen Humor in der Stimme, wie den Tag zuvor. „Heute Abend, heute Abend … ich weiß nicht. Hast du Lust, hier vorbeizukommen?" Ich wartete keine Sekunde: „Ja!" Unsere Absichten hatten sich also erfüllt. Olga schlug mir vor, auf halb neun zu ihr zu kommen. Um diese Uhrzeit würde Lucas sicher schon schlafen, was sie mir bestätigte.

Ich war da, um halb neun. An der Tür küsste sie mich auf den Mund, glücklich und wunderschön. Das verwirrte mich ein bisschen, aber ich versuchte möglichst gefasst zu wirken, locker wie ein Verliebter. Wir waren beide im Wohnzimmer. Es war noch hell und warm. Sie hatte Kartoffeln mit Hackfleisch gekocht. Wir hatten in aller Ruhe gegessen und dazu Roséwein getrunken. Jetzt erzählte sie mir von ihrer besten Freundin, der sie von mir erzählt hatte, die mich sicherlich für gut befunden hatte. Wir verstanden uns so gut, dass alles sehr schnell ging, als die Nacht weiter vorrückte. Die leichte Wirkung des Weines, das schummrige Licht der Kerzen, die sie um halb elf angezündet hatte; es war eine schöne Nacht! Eine Nacht, die alles auslösen sollte, was sich später ereignete …

Während des Frühstücks war sie bleich. Ich hatte starkes Herzklopfen. Ich war mir sicher, dass sie mir etwas sagen wollte. Aber nichts deutete an, was sie beschäftigte, was in diesem Moment in ihrem Innersten vorging: ein „Mach, dass du wegkommst, hau ab?"

„Freddy, darf ich dich etwas fragen?"

„Etwas?", sagte ich mit fröhlicher Stimme. „Aber ja!"

„Hast du dich untersuchen lassen?", fragte sie.

Ich konnte mir vorstellen, was sie wissen wollte, aber das zeigte ich ihr nicht.

„Auf Aids …", sagte sie traurig.

Ich versuchte, ruhig zu bleiben. Ich hätte wütend auf sie werden können. Aber in diesem Moment fühlte ich eine Liebe für sie, eine Liebe, die gerade dabei war zu wachsen. Ich gab ihr eine Antwort, aus der sie ihre eigenen Schlüsse ziehen konnte.

„Man kommt nicht nach Deutschland, ohne einen Test gemacht zu haben."

Meine Antwort beruhigte sie; ich versuchte, präziser zu werden.

„Auf jeden Fall hat man das von mir gefordert!", sagte ich mit meinem üblichen Humor in der Stimme.

„Ah, dann hast du ihn also gemacht."

„Ich hatte keine andere Möglichkeit!"

Nachdenklich schaute sie mich an. Verspürte sie vielleicht das gleiche Gefühl für mich? Das glaubte ich zumindest. Sie sprach zu mir, stotternd aber mutig. Sie hatte mich so eindringlich mit ihren Augen fixiert.

„Weißt du, Freddy. Ich habe Angst vor Aids, ich habe Angst vor dieser schmutzigen Krankheit."

„Auch ich habe Angst davor", erwiderte ich.

Natürlich unterließ ich es nicht, Magah davon zu erzählen. Er war zufrieden, teilte mein Glück. Beim Thema Aids war ich über seine Reaktion nicht überrascht. Es irritierte ihn ein bisschen. Er sagte: „*Diese Frauen hier, sie ka-*

cken auf uns, oder nicht?" Magah fand die Äußerungen von Olga unpassend.

Was mich betrifft, ich blieb skeptisch. Ich fragte mich unablässig, wie es weitergehen würde. Es kam vor, dass ich mich fragte, ob ich sie wieder sehen würde. Die Erinnerungen an Claudia und Isabella hatten sich noch nicht aus meinem Gedächtnis gelöscht. Drei Tage lang hörte ich nichts von ihr. Am vierten Tag hatte ich sie am Telefon: „Freddy, ich habe mich wie eine Prostituierte benommen", gab sie mir zu verstehen. Ich wusste nicht, was ich darauf antworten sollte. Ich wusste nicht, welche Schlüsse ich daraus ziehen sollte. Ich hatte einfach geantwortet und vielleicht hatte ich dabei dummes Zeug geredet; vielleicht war ich dabei von demselben Gefühl getrieben, das mich das letzte Mal bei ihr überwältigt hatte: „Nein, das hast du nicht. Das hast du überhaupt nicht. Ich war es, der es wollte. Ich wollte dich. Ich weiß, es ging schnell, aber ich hatte eine … derartige Lust auf dich. Und ich bedauere es nicht, ganz im Gegenteil. Ich bin bereit, neu zu beginnen, wenn du es erlaubst, natürlich." Das hatte sie überrascht. Sie sagte mit lieblicher Stimme: „Ist das wahr?"

IV

Ein Glücksfall, da bin ich mir sicher

Ich gab dem Vorschlag von Olga nach. Im dritten Monat, nachdem sie mich mit Lucas im Asylbewerberheim besucht hatte, schlug sie mir vor, zu ihr zu ziehen. Die Erfahrung, die ich mit Isabella erlebt hatte, war immer noch in meinem Kopf und quälte mich. Ich denke, dass ich mich von Magahs und Grandos Ratschlägen überzeugen ließ. Letzterer hatte mir gesagt: „Was hast du zu verlieren, wenn du eine andere Erfahrung machst? Nichts ist so viel wert wie Erfahrung." Was meinen Landsmann betrifft, so hatte er mir ernsthaft, instinktiv prophezeit, dass das eine Chance für mich sei. *„Freddy, das ist ein Luck für dich, im Namen Allahs!"*

Ich verhielt mich tatsächlich wie ein *totes Zicklein*. Ich hatte keine Angst mehr vor dem Messer. Das sagt man so bei uns, wenn man einen Hoffnungslosen beschreiben will, der bereit ist, alles Leid auf sich zu nehmen. Denn ein totes Tier muss das Messer nicht mehr fürchten, es hat überhaupt nichts mehr zu befürchten. Olgas Worte hatten mich ebenfalls in meinem Innersten getroffen. Nur einen Tag nach ihrem Besuch in meinem Asylbewerberheim hatte sie mir gesagt: „Freddy, du kannst dort nicht leben. Das ist hässlich! Ich finde dich zu intelligent, um in diesem Elend zu leben." Das sah ich auch so!

Ich hatte dreimal nacheinander eine Aufenthaltsverlängerung für zwei Wochen bekommen. Ich verstand nichts mehr. Ich verstand diese knickrige Art und Weise nicht, wie sie mir die Erlaubnis erteilten, in ihrem Land zu leben. Natürlich war das nicht dazu geeignet, mich aus meiner Verzweiflung zu befreien, ganz im Gegenteil. Ich fühlte mich bedrängt, ich war es wirklich. Noch mühsamer war, dass ich diese psychische Unruhe, die mich befiel, vor Olga verheimlichen musste. Und doch hatte ich häufig das Bedürfnis, ihr meine Geschichte zu erzählen, mich ihr zu öffnen, vertraulich, ernsthaft, offen. Irgendetwas sagte mir, dass sie das nicht ärgern, dass sie mir nicht den Laufpass geben würde. Irgendetwas sagte es mir, voller Überzeugung. Aber ich traute mich nicht. Letztlich beschloss ich, nichts zu sagen. „Ich wäre dumm, wenn ich aus meiner Erfahrung mit Isabella nicht meine Lehren ziehen würde", schlussfolgerte ich. Dieser Gedanke kam urplötzlich, während ich an die Ratschläge von

Marie dachte, die Dinge laufen, die Ereignisse fließen, dem Schicksal seinen Weg zu lassen. Diese Meinung war tröstend für mich; in dieser Zeit hallten die Worte von Marie in meinem Denken nach und wirkten sich auf meine ganze Existenz aus. Das war auch der Grund, warum ich die Einladung von Magah eingenommen habe, zu Black-Music tanzen zu gehen. Olga war nicht da. Sie hatte in der Woche entschieden, das Wochenende bei ihren Eltern zu verbringen, die in einem Vorort der Stadt lebten. Ich hatte ihr Bescheid gegeben; sie freute sich für mich.

Es war viel los, wie üblich: Weiße, Schwarze, Frauen, Männer. Und es gab alle möglichen Frauen, sie waren unterschiedlich groß: groß, mittelgroß, klein; sie hatten unterschiedlichste Figuren: dünn, dick, sehr dick, korpulent; sie waren unterschiedlich schön: schön, weniger schön, fast schon hässlich, meiner Meinung nach. Ein nostalgisches Gefühl stieg in mir auf. Ich erlebte nochmals meine Anfänge in diesem Teil von Europa, in dem ich nicht wusste, was mich erwarten würde, wo ich stolz war, Fuß gefasst zu haben. Dieses Gefühl machte mich so traurig, dass mein Landsmann sich fragte, was mich quälte. *„Aber was dreht los denn, Freddy? Enjoy dich!"*, sagte er, während er mir auf die Schulter klopfte. Ich bewunderte ihn. Ich bewunderte seine äußere Ruhe, denn sein Fall war nicht besser als meiner. Wir steckten beide in derselben Scheiße. Aber, wie er gerne zu sagen pflegte, man muss ein *Nouchi* sein, man muss also ein starker Mann sein, der nicht vor der ersten Schwierigkeit zurückschreckt, der sich nicht vor dem ersten Hindernis panisch abwendet, der sich nicht aus dem Staub macht. Das war viel besser!

Ich begab mich also auf die Tanzfläche und verhielt mich wie die anderen. Ich tanzte. Magah tanzte ebenfalls, neckte dabei die jungen Mädchen, diese jungen, glücklichen Mädchen, die ganz aufgedreht von der gespielten Musik waren. Als dieses lange Lied zu Ende war, zog er zwei von ihnen aus der Menge heraus und gab mir ein Zeichen. Ich kam an den Tisch, an dem sie sich niedergelassen hatten. Nach der Begrüßung sagte er mir.

„Freddy, das ist Sarah. Das war die Freundin von Sixco. Und das ist ihre Freundin. Sie sehen gut aus, oder nicht?"

„Ja, sehr gut!", antwortete ich schmeichlerisch.

„Kennst du Sixco?", fragte mich Sarah.

„Ja, wir kommen aus demselben Land."

„Ah!", sagte sie lächelnd.

Plötzlich wurde sie traurig. Ich konnte mir denken, was ihr Sorgen machte.

„Das ist … unglücklich gelaufen, für ihn …"

„Ja, wirklich unglücklich. Er war so gut zu mir. Ich wusste es nicht …", sagte sie.

„Ist das wahr? Das ist schade!"

„Er hat mir nichts gesagt. Wenn ich es gewusst hätte, hätte ich mich gegen seine Ausweisung gewehrt, gegen diese Polizisten, ja."

„Ist das möglich?", fragte ich, überrascht von
Sarahs Worten.

„Auf jeden Fall hätte ich das gemacht, ich
hätte es versucht. Er hat mich angerufen, aus
Afrika. Er hat geweint …"

„Du kannst hinfahren, Sarah, um ihn zu heiraten, und er käme dann nach.", sagte Magah in
einem fröhlichen und zugleich fiesen Ton. „Das
lässt sich machen!"

„Das ist eine gute Idee!", sagte die junge
Frau.

„Sarah ist sehr konsequent!", sagte ihre
Freundin. „Und du? Bist du auch Asylant?"

„Äh … äh, ja, ja", sagte ich ein wenig ver-
schämt.

Sie sah mich lustvoll an, seltsamerweise
stupste Sarah sie an.

„Und du, gefällt er dir?"

„Sag so was nicht, Sarah. Er sieht ja gut aus,
er ist cool …", antwortete sie, während sie ihren
Blick abwendete.

„Na gut, wenn er cool ist …", nahm Sarah
das Gespräch wieder auf.

„Du siehst auch gut aus!", schmeichelte ich
ihr aufrichtig.

Ich wollte sie nicht verführen. Denn ich
wusste, dass Magah sie wollte. Wie zum Beweis, zog er mich beim nächsten Lied, als die

Freundin von Sarah auf die Toilette ging, auf die Tanzfläche.

„Mano, das ist mein Grundstück!"

„Kein Scheißlaken!"

„Also, beherrsch. Denn diese jungen, weißen Chicas machen nur, was ihnen bockt ... Übrigens bist du mit Olga zusammengefesselt. Wenn das in ihr Ohr fällt ..."

„Ich weiß, Bro. Ich darf nicht fehlen."

„Gut, wenn du clever bist, wisch sie besser ab."

„Beherrsch es."

Das ist eine Wirklichkeit in unserem Goundauniversum: Man sieht ein Mädchen, wie sie den Einen wegen eines anderen verlässt. Deswegen riet Magah mir, mich nicht mehr um die Freundin Sarahs zu kümmern. Er hatte vorhergesagt, dass Olga es mir nicht verzeihen würde, wenn ich untreu wäre. Damit hatte er nicht mal unrecht. Ich gab ihm auf der Tanzfläche mein Versprechen, denn ich hatte keinerlei Absichten, einen solchen Fehler zu begehen.

Wir vier amüsierten uns gut an diesem Abend. Wir verabredeten uns sogar, uns in einem Café wieder zu treffen. Ich stimmte kurzerhand zu, obwohl ich genau wusste, dass das fatal für mich enden könnte, wenn Olga davon Wind bekäme. Ich sagte wegen Magah zu, um ihn zu begleiten. Ich dachte in diesem Moment, dass meine Anwesenheit gut für ihn sein würde. Sich zu viert wieder zu treffen, zwei Paare, wäre sicher besser, als zu dritt, ein Mann zwischen zwei Frauen, von denen eine nostalgisch gestimmt und die andere nicht an ihm interessiert ist. Ich hatte mir gedacht, dass das sicherlich mühsam für ihn wäre.

Als ich auf die Toilette ging, fand ich Magah mit einer dicken, korpulenten, etwas fetten Frau im Gang. Sie sprachen miteinander. Ich ging an ihnen vorbei. Ich tat so, als ob ich ihn nicht kennen würde. Ich tat so, als ob ich sie nicht gesehen hätte. Sie redeten, manchmal lachten sie wie alte Freunde. Auf dem Rückweg, nachdem ich mich erleichtert hatte, stellte die korpulente Frau ihm eine Frage, als ich gerade auf ihrer Höhe war:

„Das ist dein Freund, der hier, oder nicht?"

„Ja, das ist mein Freund", antwortete Magah.

Ich hielt an, drehte mich um und grüßte sie.

„Ich habe euch zusammen gesehen, euch zwei mit den jungen Frauen, zwei …"

„Das ist wahr!", sagte ich.

Magah zwinkerte mir heimlich zu und sagte in unserem Slang.

„Fetz ab!"

„Auf Wiedersehen!", rief ich ihnen zu.

Ich tat wie mir geheißen. Ich verdrückte mich sofort. Kurz vor drei Uhr verließen wir die Diskothek. Die Nachtbusse und die Straßenbahnen standen schon in Schlangen bereit; sie warteten. Sie wurden von jungen Menschen gestürmt, die fröhlich, angetrunken, besoffen und müde waren.

Nachdem wir uns verabschiedet hatten, gingen die Mädchen ihrer Wege und Magah den seinen. Ich nahm im Bus Platz, ließ dabei den schönen Abend noch mal Revue passieren, dachte an Sarah, an ihre Freundin, an das, was Magah von der korpulenten Frau gesagt hatte. Ein Lächeln erhellte mein Gesicht, ich erinnerte mich, was mir mein Landsmann über sie erzählte. Sie habe ihn schon vor einiger Zeit bemerkt, hatte sie ihm gesagt. Was sie ihm dann erzählt hatte, machte ihn neugierig und überraschte ihn zugleich. Sie hatte seinen Weg ins Heim beschrieben, hatte ihm sogar, wie ein Privatdetektiv, die genauen Zeiten seines Kommens und Gehens genannt. Ich wusste, dass er trotz der leidenschaftlichen Begierde der korpulenten Frau, ihn zu finden, nicht stolz war. Ich hatte die Verlegenheit gespürt, die ihn überkam, die Scham, die er verspürt haben musste, als er mir von ihrer Plauderei erzählte. Zum Schluss benutzte er einen Ausdruck in unserem Slang, den ich nicht kannte: „*Wirklich wahr, hier in Europa werden wir unser Totem schlucken!*" In diesem Moment hatte ich einen neuen Ausdruck gelernt. Ich hatte alles verstanden; mit diesem metaphorischen Satz hatte er die manchmal bitteren, unerträglichen, unangenehmen und ekligen Zwänge zum Ausdruck gebracht, mit denen wir Goundamen uns häufig konfrontiert sehen, die wir erleiden, die wir erleben. Wir sind umgeben von Zwängen, wir müssen unser Tabus brechen! Fünf Minuten nach drei fuhren alle Busse ihren Zielen entgegen.

Olga kam am nächsten Tag, einem Sonntag, im Laufe des Nachmittags zurück. Abends, am Tisch, bat sie, mich neugierig ihr zu erzählen, wie ich den Abend in der Diskothek mit Magah verbracht hatte. Ich erzählte nicht allzu viel. Ich antwortete desinteressiert, so als ob ich den Abend bedauerte. Ich sagte: „Nicht schlecht, es war trotzdem ganz nett." Sie wollte mehr wissen, aber ich hatte nicht den Mut, mehr dazu zu sagen, ich hielt mich geschickt zurück. Ich stellte ihr die gleiche Frage. In diesem Moment merkte ich, wie sich ihr Gesichtsausdruck veränderte. Zweifellos war bei ihren Eltern etwas passiert. Das konnte ich in ihrem Gesicht lesen. Ich dachte an einen Streit, der zwischen ihr und ihrer Mutter ausgebrochen wäre, zumal sie sich über diese niemals lobend geäußert hatte.

„Ist etwas los mit deiner Familie?", fragte ich sie.

Sie antwortete nicht; sie senkte den Blick, starrte auf die Mulde des Tellers. Ihr Gesicht errötete. Ich wusste sofort, dass sich irgendetwas hinter meinem Rücken abspielte. Ich wiederholte meine Frage, präzisierend.

„Hast du dich mit deiner Mutter gestritten?"

„Nein, nein, Freddy", antwortete sie weinerlich.

„Und … was dann?"

„Ich habe … ich habe meinen Eltern von dir erzählt …“

„Ah, ich verstehe.“

„Das ist schrecklich! Das ist schrecklich!“

„Ich verstehe, ich seh schon, Olga.“

„Verzeih mir, Freddy.“

Sie erhob sich und ging in ihr Zimmer, die Tür schlug laut zu.

Es war eine Nacht voller Angst an diesem Sonntagabend. Ich hatte nicht den Mut, zu ihr in das Zimmer zu gehen. Ich blieb auf der Couch, wie festgenagelt. Gedanken stürzten auf mich ein. Mir wurde ganz schwindelig. Ich schlief dort ein. Am nächsten Morgen, bevor ich wie üblich loszog, um eine kleine Arbeit zu finden, spürte ich, dass sie mit mir sprechen wollte.

„Du hast nicht im Zimmer geschlafen?“

„Nein.“

„Aber warum nicht?“

„Ich wusste nicht, ob ich dort … schlafen durfte.“

„Das tut mir leid, Freddy. Das ist schrecklich! Wie ich gestern schon sagte, meine Eltern wollen nichts von dir hören.“

„Ich verstehe schon ...“

„Wie das, du verstehst?“

„Ich verstehe ihre Haltung.“

„Wie, du bist also mit ihnen einverstanden?!“

„Äh … nein, ich verstehe, warum sie so reagiert haben.“

„Was hast du jetzt vor? Ins Heim zurückgehen?"

„Ja, wenn deine Eltern dagegen sind, dass ich hier bleibe, mit dir, mit Lucas …"

„Nein, du wirst nicht von hier weggehen, Freddy. Du gehst nicht", sagte sie bestimmt.

Es ist wahr, diese Haltung von Olga hatte sich tröstend auf mich ausgewirkt. Aber das dauerte nicht lange. Die folgenden Tage plagte mich die gleiche Verunsicherung, die gleiche Angst. „Was kann ein Goundaman gegen eine derartige Reaktion der Eltern seiner Freundin machen? Ist es die Mühe wert, bei ihr zu bleiben?" So viele Fragen kamen mir in den Kopf, so viele Sorgen, die mein Gehirn auf Trab hielten. Ich hätte mir die Zähigkeit, Magahs Kraft gewünscht. Ich hätte mir gewünscht, wie er handeln zu können. Er, der niemals den Eindruck vermittelte, vor Schwierigkeiten davon zu laufen, der sich niemals *aus dem Staub machte*. Er war ein wahrer *Nouchi*! Als ich ihm davon erzählte, sagte er ganz spontan: „*Mein Bro, seuch auf ihren Vater und ihre Mutter! Es ist Love deiner Chica, das funzt!*" Seiner Meinung nach sollte ich mich um die feindseligen Reaktionen ihrer Eltern (ihres Vaters und ihrer Mutter) nicht kümmern; dass nur Olgas Liebe für mich zähle. Ich rief Grando an, um mit ihm darüber zu sprechen; seine Meinung glich der Magahs. Ich ließ mich von ihren Vorschlägen überzeugen.

Ich schlenderte unweit des Bahnhofs herum, als mich ein Mann, ein Weißer mit knappen Bart, zersaustem Haar und der Haltung eines Bettlers, anquatschte. Ich wusste, was er wollte: Drogen. Das kam nicht das erste Mal vor. Anfangs hatte mein unschuldiges Aussehen des Neuangekommenen diese Fragen abgewehrt. Er brummte etwas vor sich hin, das ich nicht verstand. Dieses Mal ging es mir auf die Nerven. Aus Wut weiteten sich meine Augen, ich baute mich vor ihm auf. Er senkte den Kopf. Ich stand kurz davor, ihn anzuschreien, dass er sich dafür entschuldigen solle. Stotternd sagte er zu mir: „Auf Wiedersehen". Langsam drängte sich dieser Bittsteller zwischen den Leuten durch und erreichte schließlich eine der aufgeputschten Grüppchen.

Ich war so irritiert, dass ich mich dazu entschied, ihm mit meinen Augen zu folgen. Ich dachte darüber nach, ihn zu verfolgen. Das war ein guter Entschluss! Ich ging in ein türkisches Restaurant. Durch die Scheiben sah ich ihn zwischen diesen Kerlen. Fünf Minuten später ging ein anderer los, um einen Schwarzen anzusprechen, der wie ein amerikanischer Rapstar angezogen war. Seine Jeans, ich weiß nicht welcher Marke, war weit, aufgeplustert, die Hintertaschen schienen nur an seinem Hintern zu hängen; ein Käppi auf dem Kopf, das er falsch rum trug und ein kleiner Rucksack. Er rauchte eine Zigarette.

Der junge, schwarze Mann und der andere Weiße begannen zu reden, begaben sich dann zu einem großen Fass, das als Mülleimer diente. Man hätte meinen können, sie wären Freunde. Plötzlich kamen drei Polizisten in Uniform auf sie zu. Die Aktion dauerte nur einen Augenblick. Aus den Taschen der Polizisten kamen Handschellen zum Vorschein, einer von ihnen sprach in sein Funkgerät. Zwei Minuten hatten gereicht. Ein Polizeiauto kam angefahren. Man ließ sie einsteigen. „Ein Sakrileg!", brüllte ich innerlich.

In dem Asylbewerberheim, wo Magah sich aufhielt, sprach man häufig von einem guten Anwalt. Für uns Goundamen ist ein guter Anwalt ein Anwalt, der es möglich macht, dass wir den blauen Ausweis der UNO, durch Artikel 51 oder Asyl erhalten, durch Artikel 16, der es erlaubt, lange in ihrem Land zu bleiben. Nicht wie die neunmalklugen Anwälte, Schlaumeier, manchmal Heuchler, die ausweichen, die mit den Leuten vom Amt für Migrationsangelegenheiten zusammenarbeiten, die die Methoden der Polizei im Stillen für gut heißen, die uns Jahr für Jahr verschaukeln, nur damit wir eines Tages ausgewiesen werden. Dieser Anwalt, so sagte man, war gut, kämpferisch, kompetent und fair; ein „kriegerischer" Anwalt, hatte mein Freund Magah, der Landsmann gesagt. Ich wollte ihn auch aufsuchen. Aber ich wurde dabei von einem

Brief meines Anwalts aufgehalten, der mich darüber informierte, dass er dem Gericht geschrieben habe, dass er nochmals seine Position klarmachen wolle. Er habe gehört, dass es keine Beweise gäbe, die dem widersprechen, was ich angeführt hatte und dass man jetzt sehen müsse, ob ich in meinem Land wirklich verfolgt worden sei, ob die Gründe ausreichend seien, um vom Asyl profitieren zu können.

Ich weiß nicht, ob diese Beschwerde meines Anwalts das Gericht beeinflusst hatte. Ich erhielt danach noch, eine zweimonatige Aufenthaltsgenehmigung und die Erlaubnis zu arbeiten. In Gedanken wiederholte ich einen der Sätze meines Landsmanns: *„Krach dich ach dafür, einen kleinen Jobu zu angeln."* Ich war fest entschlossen, es zu machen, einen Job zu finden. Olga unterstützte mich obendrein wirklich dabei. Denn sie hatte den Entscheidungen ihrer Eltern furchtlos getrotzt. Was mich betrifft, war sie kompromisslos. Ich konnte meinen Ohren kaum glauben. Ihre Entscheidung war gefallen, sie waren gezwungen, sie zu akzeptieren.

Ich wusste nicht, warum. Olga ging heute Morgen zu ihrem Gynäkologen. Sie hatte nichts gesagt. Ich hatte an ihrem Gesichtsausdruck gesehen, dass sie nicht glücklich war. Abends, beim Essen, eröffnete sie mir, dass sie schwanger von mir sei. Ihr Arzt hatte es bestätigt; sie zeigte mir das Ultraschallbild.

„Bist du traurig?", fragte sie mich.

„Nein, überhaupt nicht. Aber wie du weißt, ist es für mich das erste Mal, dass ich eine solche Erfahrung mache, das ist …"

„Ja, das weiß ich."

„Und du? Du wirst jetzt … zwei Kinder haben."

„Das ist nicht schlimm. Ich bin nicht wie die anderen, die anderen Deutschen, die keine Kinder machen wollen. Übrigens finde ich, dass es mit einem ermüdender, schwieriger ist. Man muss immer mit ihm spielen, oder ihm einen Freund suchen ..."

„Du hast recht. Ich habe hier manchmal Mitleid mit den Einzelkindern. Du weißt, bei uns gibt es das nicht. Es gibt immer einen Cousin, einen Neffen."

„Das ist nicht schlecht. Aber zu viele Kinder ist auch …"

„Das sehe ich genauso."

„Man muss die Möglichkeiten haben, sich um sie zu kümmern. Ein Kind kostet hier viel Geld!"

„Das habe ich schon bemerkt, ja."

Wir schauten uns an. Ich wusste nicht, was ich machen sollte. Sie anspringen? Sie umarmen? Mit einem Glas anstoßen? Sie kam langsam zu mir. Ich nahm sie an den Händen.

„Es wird ein schönes Kind sein, wie Lucas", sagte ich zu ihr.

„Ja, ja. Lucas wird einen Bruder haben, vielleicht eine Schwester; das wird ihm guttun …"

Sie weinte in meinen Armen. Ich streichelte ihr versunken übers Haar. Schluchzend blieben wir lange so stehen.

Wie nicht anders zu erwarten, eilte ich am nächsten Morgen zu Magah, ohne ihn davor zu benachrichtigen. Er war nicht da. Sein Zimmernachbar gab mir zu verstehen, dass er die Nacht nicht im Heim verbracht habe und dass er mir nicht sagen könne, wo er geschlafen habe. Ich dachte also an Sarahs Freundin und die korpulente Dame, mit der er sich in der Diskothek unterhalten hatte. Ich versuchte, ihn mehrmals auf seinem Handy anzurufen. Leider nahm er nicht ab. Ich nahm den Bus und fuhr zurück in die Stadt. Dort angekommen ging ich in Richtung Innenstadt, glücklich, erleichtert und von einem Glücksgefühl beseelt. Ich traf auf eine kleine, gedrängte Menschenmenge. An einer kleinen Wegbiegung wurden wir von einer Ampel angehalten. Ich war inmitten der Menschen, beschäftigt mit vagen Erinnerungen. Kaum hatte die Ampel auf Grün umgeschaltet, stürzten alle auf die andere Seite, indem sie die kleine Straße überquerten, noch immer zusammengedrängt. Ich folgte ihnen, als ob ich zu dieser Gruppe gehörte. Wir erreichten eine Welt für sich, zwischen den Alleen der großen Häuser, den riesigen Supermärkten. Nichts drängte mich, in diese Geschäfte zu gehen, einen Schaufensterbummel zu machen, wie ich es gewöhnlich tat. Überwältigt schlenderte ich umher, ohne zu wissen, was oder wer mich lenkte. Ich antwortete nur den manchmal unangebrachten Begrüßungen der anderen Schwarzen: ein unauffälliges Handzeichen hier, ein Zwinkern da. Ich verließ diese Welt, diese großen Gebäude, ich setzte mich auf eine Bank in einem öffentlichen Park, der von einer ganz bestimmten Sorte von Menschen besucht wird: Faulenzern, Müßiggängern, Arbeitslosen, von denen die Mehrheit angeheitert war. Plötzlich hielt ein schwarzer Passant an, ging auf mich zu und stellte sich vor mich hin. Er sprach mich auf Englisch an, ohne mich zu fragen, ob ich diese Sprache verstünde, als ob alle Schwarzen englisch sprächen, als ob wir in einem englischsprachigen Land wären.

„Hallo, mein Freund!", sagte er.

„Hallo!", antwortete ich.

Einige Meter von mir entfernt setzte er sich hin, atmete schnaufend durch und strich sich durch seinen langen Bart. Seine Haare waren ebenfalls lang, sehr lang, auf seinem Rücken nach Art der Rastafaris zusammengebunden.

„Du bist nicht anglophon?", fragte er mich.

„Nein, frankophon."

Er sprach jetzt auf Französisch weiter, was mich nicht weiterüberraschte.

„Asyl? Bist du im Asyl wie ich?"

Ich nickte zustimmend.

„Aha? Das ist hart, nicht wahr, das Asyl!"

Wieder nickte ich; er sprach weiter.

„Ich bin schon fünfzehn Jahre im Asyl. Fünfzehn Jahre in dieser Stadt. Und … du?"

„Vier Jahre."

Er lächelte mich an. Ich glaubte, dass er sich eher einen Lachanfall verkneifen musste, dann sprach er weiter.

„Ja, fünfzehn Jahre, ohne Papiere, ohne Arbeit, ohne Familie, das sag ich dir. Immer hier, in dieser Stadt. Hm, jeder kennt mich, alle Polizisten. Afrika, immer dieses Chaos. Diese dummen Politiker, strebsam, egoistisch, ahnungslos, ungebildet und unverschämt wie sie sind, verstehen nichts. Niemals! Sklavenhandel, Sklaverei, Kolonialismus, Neo-Kolonialismus, freiwillige Auswanderung nach Europa … für nen Arsch, ah!"

„Das ist wahr!"

„Woher kommst du?"

„Aus der Elfenbeinküste."

„Oh, oh, Elfenbeinküste! Ein schönes Land, aber am Arsch, oder nicht? Die Leute haben euer Land in der Luft zerrissen. Das ist bedauerlich! Ah, die Elfenbeinküste …! Das ist blöd! Entschuldige mich. Das ist die Blödheit der Neger in Afrika! Elfenbeinküste …"

Ich spürte, wie ich mich plötzlich schämte. Einige Minuten später erhob ich mich und verabschiedete mich von ihm. Ich ging langsam los, mit kleinen Schritten, träumend, darüber nachdenkend, was der „Rastafari" mir gesagt hatte, seine Erklärung über mein Land. Diese empörende Erklärung, die viele Afrikaner von sich geben. Ich war zutiefst angewidert.

Traurig irrte ich irgendwo umher, als ich ein afrikanisches Restaurant entdeckte. Ich trat ein. Ich bestellte ein Gericht. Während ich mein Essen genoss, hörte ich dem Gespräch zu, das hinter meinem Rücken von zwei anderen geführt wurde.

„Du bist mutig. Du konntest aus deinem Asyllager flüchten?"

„Ah, ja, ich musste es tun. Ich bin aus dem Fenster gesprungen, als ich sie kommen sah."

„Aber wer hat dir gesagt, dass sie gekommen sind, um dich mitzunehmen?"

„Wer? Hm, ich wusste es, ich wusste es."

„Wie das, du wusstest es?"

„Ah, man hat mich gewarnt, nicht?"

„Gewarnt?"

„Ja. Man hat mich aufgefordert das Land zu verlassen. Das war der letzte Tag, verstehst du?"

„Hm, hm. Was wirst du jetzt machen?"

„Mein Freund, kannst du mich nicht für eine Woche bei dir wohnen lassen?"

„Eine Woche? Du kennst meine Situation."

„Ja wie? Es läuft doch besser bei dir, oder nicht?"

„Was sagst du da? Bei mir läuft es besser?"

„Aber ja, du arbeitest doch?"

„Das war mal! Seit gestern …"

„Wie, seit gestern?"

„Gestern, mein Freund. Auf der Arbeit, da läuft alles scheiße! Ich konnte nicht mehr. Das ist schlimmer als der Sklavenhandel. Beleidigungen, Neger, Neger. Nicht nur das; das ist noch das Wenigste. Aber die härtesten Arbeiten, sie bleiben an mir hängen. Ich wurde in einer Woche an fünf verschiedenen Orten eingesetzt. Ich beschwere mich, man schmeißt mich raus! Und wie viel verdiene ich? Schau, was aus mir geworden ist, schau dir meine Hände an!"

„Ich weiß das, aber wir können nichts dagegen machen. Wir müssen …"

„Was wirst du machen? Du musst jetzt untertauchen …"

„Ich weiß es noch nicht genau, mein Freund. Deshalb bitte ich dich ja, mich eine Woche aufzunehmen."

„Okay. Und danach?"

„Keine Ahnung. Ich muss woanders hin, woanders."

Mein Telefon klingelte, es war Magah. Wir sprachen nur einige Sekunden miteinander. Er hatte mich gefragt, ob ich ihn im Asylbewerberheim besuchen könne. Nach dem Essen ging ich zur Haltestelle. Ich wartete acht Minuten, bis die Straßenbahn kam. Acht Minuten, in denen meine Tränen nicht versiegen wollten, obwohl ich dagegen ankämpfte.

Als ich ungefähr zwanzig Meter von ihrem Gebäude entfernt war, sah er mich, hielt sogleich inne und versteifte sich. Sicherlich hatte ihm meine schlechte Laune Sorgen bereitet. Ich litt tatsächlich noch an den betrüblichen Worten des Mannes mit den langen Haaren und denen der zwei jungen Männer, denen ich zugehört hatte. Magah konnte der Laune, die ihn beflügelte, keinen freien Lauf lassen. Er machte sich Sorgen.

„Mano, was dreht los? Ist es wieder auf dich geblitzt?", fragte er mich mit sorgenvoller Miene.

„Nein. Es friedet!", sagte ich, während ich den Kopf schüttelte, um ihn zu beruhigen.

„Aber was dann? Du bist ..."

„Nein, Magah, kein Scheißlaken. Vielleicht ist es ein Luck!"

„Was für ein Luck? Lotto?"

Weil er ungeduldig darauf wartete, was ich ihm zu sagen hatte, machte ich absichtlich eine Pause, um die Spannung zu erhöhen, dann flüsterte ich im lächelnd ins Ohr.

„Meine Chica ist schön geschwollen, glaub mir, Mann!"

„Oh ja, das ist ein Luck! Ich enjoy mich für dich, du bist lucky! Und sie? Was meint sie?"

„Nichts. Sie ist genauso enjoy."

„Ah, das ist aber king! Das ist böse king, mein Bro!"

Es ist wirklich *king*! In anderen Worten: Es ist erquickend und das umso mehr, da ich in Olgas Gesicht ein Glücksgefühl lesen konnte. Was sie hinsichtlich ihrer Schwangerschaft über Lucas gesagt hatte, war der Beweis dafür. Ich blieb lange bei Magah, wir plauderten, malten uns verschiedene Szenarien aus, zum Beispiel für den Fall, dass sie sich nicht gefreut hätte. Ich erlebte noch mal ein intensives Gefühl tief in meinem Inneren, ein starkes Gefühl, das mich trotz der Ermahnungen meines Landsmannes die Abgründe meiner Seelenqualen durchschreiten ließ. Ich erinnerte mich plötzlich an meinen ersten Zimmernachbarn, Abelo, der mir von Chancen erzählt hatte. „Ist das wirklich eine Chance?" Ich wollte abends nicht mit leeren Händen zurückkommen. Ich kaufte einen Strauß Rosen für die zukünftige Mutter meines Sohnes, was sage ich da, für die Mutter meines zukünftigen Sohnes.

In dieser Nacht schliefen wir sehr spät ein. Wir hatten lange geredet. In einer der folgenden Wochen bekam Olga von ihrem Arzt ihren Mutterpass. Er machte eine weitere Ultraschallaufnahme. Der Embryo, dieser schwarze Punkt, hatte sich ein klein wenig vergrößert. Man konnte noch nichts erkennen. Wir sprachen über die Familiensituation, über Lucas, über meine Situation als Asylbewerber und natürlich über das zukünftige Baby. Wir sprachen übers Heiraten. Ich konnte meinen Ohren nicht trauen. Niemals hätte ich gedacht, wie wichtig eine Familie für sie war. Aber wenn sie von der Verwirrung gewusst hätte, die mich verrückt machte? Denn ich fragte mich, wie eine Hochzeit zwischen ihr und mir möglich sein könnte. Auf der einen Seite gab es ihre Eltern, auf deren Reaktion wir gefasst sein mussten. Auf der anderen Seite war mir nicht klar, wie auf dem Standesamt ein derart wichtiger Akt des bürgerlichen Lebens ohne Papiere beglaubigt werden könnte. Was mir Sorgen bereitete, war die Frage, was man mit diesem Dokument, das die Polizei so eifrig suchte und das einwandfrei beweist, woher ich komme, machen würde. Das war das Problem! Ich hatte schon gehört, dass Goundamen in ähnlichen Situationen ausgewiesen wurden, einige sogar, obwohl sie auf die Geburt ihres Sohnes gewartet hatten, ohne das ihre Partnerinnen davon gewusst hätten oder sogar mit deren stillem Einverständnis. Angesichts dieser Tatsachen, die in unserem Goundauniversum wirklich passieren, hatte ich starkes Herzklopfen.

Zwei Wochen später fanden wir uns auf dem Standesamt unseres Bezirks ein. Olga hatte am Telefon einen Termin ausgemacht. Ich hatte meinen Ausweis aus seinem Versteck geholt. Auf dem Weg konnte jeder meine Angst, die sich in mir breitmachte, auf meinem Gesicht lesen. Olga hatte sich besorgt gezeigt, sie hatte mich gefragt, ob ich keine Lust mehr hätte, sie zu heiraten. Meine Sorgen waren so stark, so beunruhigend, dass ich mir alle möglichen

Szenarien ausmalte. Ich stellte mir vor, dass Zivilpolizisten dort auf mich warten würden, um mir meinen gesuchten Ausweis wegzunehmen. Ich stellte mir vor, dass sie kommen und mir Handschellen anlegen würden, während wir gerade die Papiere ausfüllten, weil die Beamtin die Polizei anrief. Ich stellte mir vor, dass am Ausgang, nachdem die Beamtin, um mich zu täuschen, uns die Formalitäten des Heiratsantrages erledigen ließ, Polizisten in Uniform auf mich warten würden. Das waren Szenarien, wie sie die Bewohner der Asyllager häufig berichteten und die, wie es scheint, tatsächlich passiert waren. Was mich tröstete, war die Unterhaltung mit Grando, meinem großen Vorbild, die ich am vorigen Tag hatte; er hatte mich beruhigt, hatte erzählt, dass in diesem Fall alles an Olga läge. Und was das betrifft, konnte ich auf Olga zählen. Da war ich mir sicher.

Auf dem Standesamt konzentrierte ich mich auf das Verhalten der Beamtin. Das war ein Tipp von Grando. Ich hatte noch nie eine so höfliche Beamtin gesehen. Sie beherrschte ihre Gesten, ihre Mimik; sie gab sich Mühe in ihrer Wortwahl. Was Olga betrifft, bemerkte ich die Autorität, die sie ausstrahlen kann und wie bestimmend sie dadurch wirkt: Wie sie ihren Kopf bewegte, ihre beiden Hände; wie viel Nachdruck sie in ihre Stimme legte. Man hätte denken können, dass sie ihr Recht verteidige, ihr Recht einen Ausländer zu heiraten, ihr Recht einen Schwarzen zu ehelichen, ihr Recht mit einem armen Asylbewerber zu leben. Ich schloss daraus, als ob ich es noch nicht gewusst, als ob ich es noch nie erfahren hätte, dass Deutschland ein Rechtsstaat ist und dass die Heirat darin ein unantastbares Recht ist. Ich glaubte es.

Im Büro des Standesamtes erkundigte sich die Beamtin nach meinem Status. Sie kniff kaum merklich ihre Augen zusammen und unterdrückte ein Lächeln; ihr Gesicht verzerrte sich. Sie gab uns dann die auszufüllenden Formulare, nachdem sie einen Blick in meinen Ausweis geworfen hatte. Dieser war unausgefüllt, bar jeden Stempels für eine Aufenthaltsgenehmigung. Auf den Formularen kreuzte sie ein paar Felder an, hinter denen stand, was ich für die Hochzeit erfüllen musste, zum Beispiel der Nachweis, dass ich ledig war. Und weil ich das wusste, hatte ich am vorigen Tag meine Brüder in meinem Heimatland angerufen, damit sie mir dieses Dokument ausstellen lassen konnten. Das war es dann auf dem Standesamt! Unser Heiratsantrag war also gestellt.

Es klingelte. Ich war gerade dabei, meine Schnürsenkel zu binden. Ich wollte gerade gehen. Olga war nicht da. Sie hatte an diesem Tag das Haus sehr früh verlassen, um sich in der Stadt mit dem Vater von Lucas zu treffen. Es klingelte nochmals, ich stand auf, ein wenig besorgt, da ich mir die Frage stellte, wer der

Besucher sein könnte. Zuerst dachte ich an Olga, dass sie ihren Schlüssel vergessen hatte, dann an den Postmann, der ein Paket abgeben wollte. Während ich diese Hypothesen durchkaute, ergriff ich leise den Türknauf und öffnete die Tür einen kleinen Spalt. Ich war dabei so vorsichtig wie jemand, der keinen Besuch erwartet, nur sein kann. Durch den Türspalt sah ich zwei Polizisten in Uniform und mit goldenen Abzeichen an den Schultern. Ich machte die Tür ganz auf und stand nun vor ihnen.

„Guten Tag! Polizei!", sagte einer von ihnen und zeigte mir seine Karte. „Sind Sie Alfred Manfey?", fragte er mich ruhig.

„Ja", antwortete ich mit zitternder Stimme.

Der andere holte einen versiegelten Brief hervor. Es war ein Hausdurchsuchungsbefehl. Sie drangen sogleich in die Wohnung ein.

„Wo ist Ihr Ausweis?", fragte mich der eine.

„Ich habe keinen Ausweis", antwortete ich bestimmt.

„Sie haben keinen Ausweis?", erwiderte er.

Der andere begann, alles zu durchwühlen, was sich im Wohnzimmer befand.

„Ich habe keinen Ausweis", wiederholte ich.

Sie kochten über vor Wut. Systematisch und hartnäckig untersuchten sie die ganze Wohnung. Ich beobachtete sie, stumm wie ein Karpfen. Draußen sah ich ein parkendes Polizeiauto und andere Polizisten, die auf der Lauer lagen. In diesem Moment entführten mich meine Gedanken in eine kosmische, halluzinatorische Welt, in der ich nur noch schwarz sah. Ich befand mich in einem unergründlichen Nebel, als ob ich ganz allein in den Wolken wäre, die die Welt umschließen. Ich hörte, wie sie vor sich hin murmelten. Die Couch, die Bücher der kleinen Bibliothek, unsere Reisetaschen, unsere Kleider, unsere Schuhe, etc., alles wurde durchsucht. Aber es gelang ihnen nicht, Hand an meinen Ausweis zu legen. Vor Wut schnaubend sagte mir einer der beiden in strengem Ton: „Bringen Sie uns morgen Ihren Ausweis!" Dann verschwanden sie schnell und sichtbar erzürnt aus der Wohnung. Ich zitterte am ganzen Körper. Ich konnte den Termin bei meinem Anwalt nicht wahrnehmen. Ich sank auf die Couch und schlief am helllichten Tag ein; ich war ganz allein in Olgas Wohnung, war wie ohnmächtig, wie im Koma.

Sie hatte zwischenzeitlich angerufen und hatte eine Nachricht auf dem Anrufbeantworter hinterlassen, dass sie später kommen würde. Ich hatte das Telefon klingeln gehört, aber ich war nicht in der Lage, dranzugehen. Es vergingen mehrere Stunden, bevor ich nach und nach wieder zu mir kam. Es kostete mich eine übermenschliche Anstrengung, um mich aus diesem taumelnden Gefühl herauszuziehen. Ich verspürte eine unbändige Lust, die Wohnung zu verlassen, mich in die großen Straßen der Stadt zu begeben, wo jeder Zeit zahlreiche Menschen unterwegs sind, Menschen jeglicher Farbe, Größe und Gestalt, die unterschiedlichst gekleidet sind. Ich wollte um alles in der Welt, in dieser Menschenmenge untertauchen, wo sich niemand um den anderen kümmert – bis auf die wenigen Ausnahmen, wenn Menschen die sich kennen –, sich zufällig begegnen. Ich wollte in diese kompakte Welt versinken, in der jeder sich für den Nabel der Welt hält, in der nur bestimmte Gruppen, Freunde, den Unterschied machen. Ich verspürte, den Drang auszugehen, um mich von dieser Angst, die mich tyrannisierte, zu befreien. Schnell ging ich los, verließ die Wohnung in dem Zustand, in den sie Polizisten, die Verfolger verwandelt hatten. Schnell ging ich los, noch immer mit starkem Herzklopfen, noch immer leicht verwirrt und mit einem elenden Gesichtsausdruck. Ich ging los und fand mich auf einer der großen Straßen der Innenstadt wieder.

Als ich von meinem Ausflug zurückkam und die Türe zu Olgas Wohnung öffnete, spielte mein Kopf noch so verrückt, dass ich den guten Geruch, der aus der Küche ausströmte, nicht sofort bemerkte. Sie eilte auf mich zu, blieb aber auf der Schwelle zum Wohnzimmer stehen. Sie sagte nichts, auch ich blieb stumm. Man konnte nur unseren Atem und unsere Seufzer hören. Ich zitterte immer noch vor Angst und vor allem vor dem Gedanken, dass sie jeden Moment wiederkommen könnten.

„Freddy, es wurde eingebrochen", sagte sie schlecht gelaunt.

„Nein, nein, das war kein Einbrecher. Das waren Polizisten."

„Polizisten? Warum das denn?"

„Sie wollten meinen Ausweis."

„Das ist nicht wahr! Oh!"

Sie war sprachlos. Ich eilte auf sie zu, um sie zu stützen, falls sie einen Kreislaufzusammenbruch bekommt, falls sie auf dem Teppich zusammensackt, denn sie war ja schwanger.

Zum Glück hatte ich Olga von unseren Abenteuern erzählt, die wir zwecks Ausweisungsversuchen mit deutschen Polizisten erlebt hatten. Was wäre wohl los gewesen, hätte ich es nicht getan? Ich konnte mich nun selbst davon überzeugen, dass es sich lohnt, ehrlich zu sein. Es erlöst, macht frei, macht Vertrauen möglich oder festigt dieses. Das fühlte ich in diesem Moment! Olga sagte nichts mehr, bis wir uns an den Tisch setzten, um zu essen. Auf ihrem Gesicht zeigten sich Anzeichen von Hoffnungslosigkeit; man konnte eine gewisse Verbitterung herauslesen. Ich blieb die ganze Zeit über wortkarg. Ich verstand in diesem Augenblick die Wahrheit von Grandos Worten. Es lag tatsächlich alles in Olgas Händen. Denn sie hätte mich bei der Polizei denunzieren können, hätte mir sagen können, dass ich die Koffer packen und das Weite suchen solle, sie hätte sogar das Kind abtreiben können. Sie hätte auch behaupten können, dass ich nicht der Vater des Kindes bin, sondern ein anderer; ein anderer Schwarzer, den sie einfach so kennenlernte, beim Tanzen und mit dem sie aus bloßer Neugier heraus, Lust hatte zu schlafen oder ein Kind zu zeugen. Ein Kind ohne Vater, dem man später sagen würde: „Dein Vater wurde ausgewiesen" oder „Dein Vater hat sich aus dem Staub gemacht". Das sind Geschichten, wie ich sie im Gounda gehört hatte. Aber ich, ich hatte Glück; übrigens wie viele andere auch, die das Recht bekamen, in Deutschland, in Europa bleiben zu dürfen! Olga unternahm nichts von alledem, ganz im Gegenteil!

„Du hast Angst?", fragte sie beruhigend.

„Äh … nein, ich habe keine Angst."

„Ah, das ist gut!"

Ich schämte mich ein bisschen; ich wollte nicht über dieses Thema reden. Ich wollte mich ablenken.

„Du hast lecker gekocht!", sagte ich mit einem gezwungenen Lächeln.

„Ist das wahr?", sagte sie lächelnd.

„Ja, es schmeckt sehr gut! Leider ist Lucas noch zu jung, um mir zustimmen zu können …"

Sie begann zu lachen. Ich sah sie an, überrascht; sie war so glücklich.

„Ich kann es kaum noch abwarten, zu sehen, was du für ein Vater sein wirst!", sagte sie zu mir.

Ich musste nun ebenfalls lachen. Diese Entwicklung löste ein inniges Glücksgefühl in mir aus.

Sie stand auf, um sich noch eine Portion Suppe zu nehmen.

„Du wirst es sehen!", rief ich ihr nach.

Sie drehte sich um.

„Morgen werde ich mit meinem Mutterpass, den mir der Arzt ausgestellt hat, zur Polizei gehen. Und ich werde den Polizisten sagen, dass du der Vater des Kindes bist und dann werden sie dich in Ruhe lassen!"

Ich sperrte meine Augen auf, war gerührt und verblüfft. Mein Gesicht hellte sich mit einem Schlag auf. Ein eigenartiges Gefühl strömte durch meinen ganzen Körper. Ich hatte den Eindruck, dass mein Innerstes brodelte. Ich war mir sicher, dass sie es tun würde. Sie tat es.

Olga tat es wirklich. Sie sagte alles, erklärte alles, damit man mich in Ruhe ließ, damit man mich nicht mehr quälte. Sie bestätigte ihnen, dass wir heiraten wollen. Als Antwort bekam sie zu hören, dass allein nur die Geburt des Babys, den Beweis darstelle. Den Beweis, dass ich der Vater des Babys bin, das sie erwartet, und dass ich übrigens einen genetischen Vaterschaftstest machen müsse. Obwohl ich dieses Prozedere kannte, war ich nichtsdestotrotz überrascht, als sie mir von ihrer Unterredung mit der Polizei berichtete.

Magah hatte mir freundschaftlich versichert, dass ich am Ende meines Kummers, meiner Leiden und meiner Angst angelangt wäre. Er hatte mir gesagt: „*Bleib cool, mein Bro. Du wirst deinen Popo hier kleben können, glaub mir*", das heißt, ich musste mir keinerlei Sorgen mehr um meine Immigration in dieses Land machen. Würde er Recht behalten? Grando jedenfalls hatte mir erzählt, dass ich nicht zwangsweise von einem langen Aufenthalt werde profitieren können. Dieser ging schon wieder zu Ende und ich musste ihn ein weiteres Mal verlängern. Im Amt für Migrationsangelegenheiten war ich mehr als überrascht, dass man mir nur drei Monate bewilligte. Das entsprach dem, was mir mein Vorbild vorausgesagt hatte.

Ich fühlte mich jetzt besser, war schon beinahe fröhlich. Ich hatte Arbeit gefunden und beteiligte mich an den Aufgaben im Haushalt. Die Ergebnisse ließen nicht zu wünschen übrig; sie wirkten sich positiv auf das Zusammenleben mit meiner Gattin aus. Unser Zusammenhalt war eng wie nie; das Vertrauen vergrößerte sich, wie auch der Bauch von Olga größer wurde.

Eines Abends, nachdem ich Magah schon zwei Wochen nicht mehr gesehen hatte, klingelte das Telefon, als wir gerade von einem Besuch bei einer guten Freundin von Olga zurückkamen.

„Freddy, es ist für dich. Es ist dein Freund Magah!", sagte sie mir.

Ich eilte zum Telefon.

„Hallo, mein Dude. Was dreht los?", fragte ich ihn.

„Ich beherrsche es, cool cool. Kein Scheiß! Und bei dir, was dreht los mit deiner Chica?"

„Bin cool Popo hier. Kein Scheißlaken!"

„Das ist king, Mann. Das ist wahres Schmusen! Du hast Luck!"

„Beherrsch erst mal."

„Nun gut, Freddy, ich bin von Bundy gewischt!"

„Was? Du bist von Bundy gewischt? Wo bist du?"

„In Donlon!"

„Was? Aber ... du bist mir so ein starker Guru, Mann. Wie hast du es gezielt?"

„Scheiß darauf, Papa! Ich bin nicht zum Schnarchen in die Kälte gekommen. Das ist einfach geiler Market!"

„Seit wann?"

„Seit drei Tagen bin ich hier angehängt. Und dein kleiner Teil?"

„Niemand kann was. Es ist bis morgen geklebt!"

Magah war seit drei Tagen in London. Ich weiß nicht, durch welches Wunder er das geschafft hat, Deutschland zu verlassen. Er wollte es mir nicht sagen, und ich konnte ihn verstehen. Ich hatte ihn beglückwünscht, dass er es nach Großbritannien geschafft hat. Welch eine Leistung! Er schien ganz glücklich zu sein. Er hatte scherzhaft gesagt, dass er nicht nach Europa gekommen sei, um sich zu amüsieren. Natürlich hatte er wissen wollen, wie es zwischen Olga und mir lief und ob es Neuigkeiten von dem Baby gebe. Ich hatte ihn beruhigt und gesagt, dass es keine Probleme gebe, und dass alles bestens laufe.

Die Geburt unseres Sohnes war schon überfällig, aber Olga hatte noch keinerlei Wehen. Wir machten uns keine Sorgen, da wir wussten, dass es Kinder gibt, die im zehnten Monat zur Welt kommen. So war es auch bei uns.

Zwei Wochen vor der voraussichtlichen Geburt hatten wir ein Gespräch darüber.

„Freddy, du wirst doch bei der Geburt dabei sein, nicht wahr?"

„Ja, im Krankenhaus."

„Äh … ich meinte damit im Kreißsaal."

„Wie? Da wo … es zur Welt kommt?"

„Ja, mit den Geburtshelferinnen …"

„Äh …"

„Ich möchte, dass du dabei bist. Es ist unser Kind, von uns beiden. Du musst sehen, wie es passiert. Wie dein Sohn zur Welt kommen wird. Du musst mich unterstützen."

„Dir zusehen … wie du gebierst?"

„Aber ja! Hier läuft das so!"

„Aha? Okay. Wenn du … es möchtest …"

144

Ich konnte es nicht glauben. Sie runzelte die Stirn, starrte mich an, ohne etwas zu sagen. Plötzlich spürte ich, wie mich eine Angst überkam. Sie erkannte, dass das bei uns anders abläuft. Sie verstand.

„Gut, ich sehe schon. Du wirst im Warteraum warten."

Ich atmete tief durch und hielt die Luft an. Das wäre eine wirkliche Prüfung für mich gewesen, glücklicherweise …

Wie üblich hatte ich meinen Besuch bei einer der Krankenschwestern angekündigt. An diesem Tag konnte ich Olga nicht sehen. Sie hatte seit der letzten Nacht schwere Wehen. Nach nicht mal zwei Stunden sah ich, wie die Geburtshelferinnen umhereilten. Man rief den Chirurgen. Ich wartete noch etwa anderthalb Stunden; man ließ mich eintreten. Olga hatte einen Sohn geboren. Ich ging an ihr Bett. Sie war müde und leichenblass, aber immer noch schön. Sie hielt das in einem weißen Tuch eingewickelte Kind in ihren Armen; zärtlich streichelte sie seinen zarten Kopf. Ich legte meine Hand auf ihre Stirn, dann auf ihre Wange. Ich nahm ihre Hand in meine und drückte sie fest. Eine Hebamme entnahm ihr das Kind und reichte es mir.

„Herr Manfey, es ist ganz weiß, nicht wahr? Aber machen Sie sich keine Sorgen! Seien Sie geduldig, das ist immer so, wenn sie zur Welt kommen!"

Im Kreißsaal ertönte ein lautes Lachen. Olga deutete ein Lächeln an, man sah das Glück in ihren Augen. Das Neugeborene, unser Baby, weinte; es schrie wie am Spieß.

Der Autor

 Mouchi Blaise Ahua wurde 1967 in Abengourou (Elfenbeinküste) geboren. 1991 begann er an der Universität Cocody-Abidjan ein Studium der Sprachwissenschaften. 2000 erhielt er ein DAAD-Forschungsstipendium für die deutsche Universität Bielefeld, und 2004 promovierte er an der Universität Osnabrück.

Von 2005 bis 2010 war er Mitglied der französischen Sprachforschung CREDILIF (*Centre de Recherche sur la Diversité Linguistique de la Francophonie*) der Universität Rennes 2 und trug wissenschaftliche Artikel über die gemischte Sprache (Slang) *Nouchi* der Elfenbeinküste in der Revue *Le Français en Afrique* vom CNRS der Universität Nice (Frankreich) bei.

Inzwischen erteilte er Französischunterricht an den VHS Rotenburg an der Wümme und Bremerhaven. Seit 2011 interessiert er sich für die Waldorfpädagogik und arbeitete an den freien Waldorfschulen Duisburg und Dortmund.

Der freie Autor lebt mit seiner Frau und seinen zwei Töchtern in Wesel (am Niederrhein), wo er sich dem Schreiben und Veröffentlichen von Kinder- und Jugendbüchern widmet. Blaise Mouchi Ahuas großes Interesse als Autor liegt im Themenbereich *Zuwanderung, Integration* und *afrodeutsche Beziehungen*.